一頁

始 于 一 页 ， 抵 达 世 界

长刀之夜

わがともヒットラー

[日] 三岛由纪夫 著

陈德文 译

广西师范大学出版社
GUANGXI NORMAL UNIVERSITY PRESS

辽宁人民出版社

一頁文庫
〜三島由紀夫作品系列〜

长刀之夜 （三幕）

时间

一九三四年六月

地点

柏林总理官邸

上场人物

阿道夫·希特勒

恩斯特·罗姆

格雷戈尔·施特拉塞

古斯塔夫·克虏伯

第一幕

　　柏林总理官邸大厅。舞台后部是阳台。
希特勒一身晨礼服站在阳台上，向舞台后方
发表演说。时时传来群众的欢呼。希特勒右
侧是身着冲锋队制服的罗姆，左侧是身着西
服的施特拉塞，他们和希特勒一样都背对观
众而侍立。

　　希特勒的演说和欢呼声开幕之前就开始
了，幕启后仍在持续。

阿道夫·希特勒

想想吧，诸位。我们的祖国眼下正摆脱屈

辱,一步一步迈向独立和建设的新时代。想想十八年前那次大战末期的一九一六年吧。那时候,我作为一名勇敢的士兵,战斗负伤,住在贝利茨的卫戍医院,我在那里感到心急如焚。战后,腐蚀德国人民灵魂的霉菌,那时已经在孕育。在卫戍医院里,认真的士兵遭到讪笑,那些故意用铁丝把自己的手划破后被送来的人,以卑怯为自豪,甚至扬言,自己的行为比起那些英勇战斗的士兵还要勇敢得多。诸位,你们会怎么想?战后的颓废,其征兆已经出现于战时的枪炮声之后。战后各种价值的颠倒,卑怯者的和平主义,比屁眼还臭的民主主义,一心巴望祖国失败的犹太人的阴谋,共产主义者的可耻的伎俩,都在那一天有所显现。啊,金色的英灵殿[1]上,由女武神们搬运来的战场上勇士们的高贵遗骸,一旦显灵,看到祖国德意志

---

1 原文为 Valhalla,北欧神话主神奥丁接待死者亡灵的宫殿。

如今的样子，他们也会流下万斛眼泪吧。盾牌的方格天棚，铠甲的椅子，映照着桌上的火焰，发出悲叹而铿锵的浩大音响……但是，这一切都结束了。所有的虚伪和败北以及不净之地，都被净化了。去年一月，我就任总理以来，众神托付于我的内阁的使命是对真正的国家竭尽忠诚。由于可憎的国会大厦纵火案，共产党自掘坟墓。我们的国会已经没有共产党这一伙卖国贼了，也没有由非国民凑集起来的社会民主党。没有机会主义的巢穴——天主教中央党。祖国光辉传统的继承者、德意志未来强有力的接班人，就是我们 Nationalsozialistische Deutsche Arbeiterpartei[1]。

（演说进行中，老迈的古斯塔夫·克虏伯策杖登场，伫立片刻，倾听演说。他打了个哈欠，走到舞台中央右侧的长椅旁边，面

1　即"国家社会主义德国工人党"，简称"纳粹党"。

对观众落座，显得颇为无聊。不久，他向罗姆打招呼，罗姆没有回头。好半天，罗姆回首看到了，他一面顾及希特勒，一面离席走到舞台前和克虏伯谈话。右首传来了最后一句话："我只要拥有你们！"欢呼声和演说又持续下去。克虏伯和罗姆开始谈话的同时，希特勒的声音渐次消隐，只能看见动作还在继续）

恩斯特·罗姆

又来搅乱阿道夫的演说吗？

古斯塔夫·克虏伯

他的演说，在里面听倒是比在外面站着听更加有味。首席女歌星的歌声正在里面回荡，我一直担当的角色就是怀抱鲜花站在幕后等待。

罗姆　今天也带鲜花来了吗？

克虏伯　可不是嘛，一束铁花！罗姆，您不分青红皂白把资本家都一律打成"反动派"，但是至少我们克虏伯商会，还有我这个经理内心丝毫没有动摇。我们是凭借铁的意志、铁的精神，按照铁所描画的梦想走过来的。您以为战后我们公司会心甘情愿用铁制造电影放映机、现金出纳机、锅釜器具吗？您以为我们会因为用铁描画的梦想被彻底粉碎，而后操纵妇女儿童、小贩们笨拙的双手而感到满意吗？克虏伯家族无论如何都必须使铁的梦想得以实现！

罗姆　那好，我可以让您得到实现。

克虏伯　您是军人，说得倒简单。

罗姆　是的，我是军人。但我不是那种躺在功勋章下、挺着大肚子睡午觉，装模作样的德国国防军的军人。我们是一支生龙活虎、年轻有为、无所畏惧、能吃能喝的军队。我们这支军队只要高兴，既能踢碎商店的橱窗，也能站在受虐待的人的一边，为他们而流血，变成一群侠肝义胆的暴徒！

克虏伯　这就是你们冲锋队的纲领。

罗姆　这也是我这个冲锋队参谋长的梦想。这支军队是国防军的核心，我们要把患糖尿病的将军们通通赶走……这是什么话？怎么能说冲锋队的使命已经完了呢？……

克虏伯　是谁这么说的？

罗姆　阿道夫……不，阿道夫不会有这种想法。叫阿道夫说出这话的家伙……

　　　　（此时，又能听到希特勒的演说。克虏伯和罗姆虽然还在继续谈话，但听不见了）

希特勒　但是，诸位，革命不能永远持续下去，这样一味拖延下去会破坏国民经济。我们不能再次给德意志带来饥饿、通货膨胀和瓦砾的时代，要是这样我们就会陷人敌人的圈套。现在，辉煌的建设时代开始了。我们必须将冲决堤坝的革命洪流引向"进步"这条安全的渠道。我们的纲领，并非教导我们仅仅成为一群愚蠢、疯狂的破坏者，而是教导我们坚决用正确的思想，更加贤明、更加小心谨慎地一步步实现。要知道，我们没有比谋求祖国繁荣更为崇高的理想了。"Deutschland,

Deutschland, Ueber Alles." [1] 我们只有正确理解我们伟大的国歌歌词，才是一个真正的社会主义者。诸位，现在，全体人民应当结为一体，挥舞铁锤以代替刀枪，向着重建荣光的大德意志时代迈进！

（这时，希特勒的声音渐次隐去，转入前面的会话）

克虏伯 这回是锤子了。埃森重工业基地的伙计们发出悲叹："希特勒把我们引向灭亡。"这声音似乎也进入这家伙的耳朵里了。

罗姆 不过，阿道夫好样的。他穿上晨礼服或燕尾服，虽然风流得叫人作呕，但还是保有过去一些好的地方。他很看重友谊。

克虏伯 他既然很重友谊，怎么没给您一部长干干？

罗姆 他有他的考虑。虽然取得了政权，但初期阶段，手脚受到束缚，不能随心所欲，虽说总得给我个部长，但在这之前，他只得孤军奋

1　德国国歌开头一句，意思是："德意志，德意志，高于一切。"

战，整顿地盘。

可恶的是戈林这个人。他是个勋章迷，他自己获得的勋章只有普鲁士军队的"蓝马克斯勋章"[1]。去年夏天，总统授予他将军的位置，他欣喜若狂，说话都是国防军代言人的口气。挑拨我们冲锋队和国防军关系的就是他，而且是那样、那样的卑鄙！这家伙扬言说冲锋队已经没有必要了，叫我们解散。这种事，怎么可能呢？想把我搞掉，没那么容易。我可是率领相当于十倍国防军以上的三百万冲锋队的将领啊！……接受队长职务的时候，只有一万人，仅仅两三年，我就使队员增加到三百倍……

克虏伯　罗姆，总之，谁也不能把您赶出窝去。您这身军服就是您这只老鹰的羽毛，拔掉羽毛，您就没法活下去。所以可能的话，把您这只老鹰剥制成标本，才不失为上策啊！

1　普鲁士和德意志帝国军队最高勋章。

罗姆　　可不是嘛，我是一名地地道道的士兵。比起穿着睡衣睡觉（拉拉制服），还是穿这玩意睡觉最舒服。军服已经化为我的肌肤。我从孩童时代就只有一个理想，当一名士兵。您可以想想看，我这个人，十年前从陆军退役的时候，心如刀割一般痛苦。不过现在倒是想明白了，要是继续交给那些没有革命精神的国防军，那些至今仍被普鲁士将军操纵的军人，下一次战争肯定还要失败。

克虏伯　啊，现在不是很好吗，您创建了自己理想的军队——这三百万冲锋队的大家庭。

罗姆　　可是，这三百万人却受到了冷遇。

克虏伯　不要急，眼看又要碰到好机会了。

罗姆　　克虏伯先生，像您这样从小锦衣玉食长大的人，是不会懂得军队的快活和美好的。

克虏伯　是的，我当然不知道，不过我了解钢铁。经过高炉里的炉火熔化，钢铁也幻想着兵营严寒的夜晚。

罗姆　　军队就是男人的天堂。树林里漏泄的金色朝阳就是起床军号的闪光。只有军队才能使男人们的脸孔变得美丽。晨起点名，那排列整齐的年轻人的金发，映着早晨的太阳。那利刃般的蓝色的目光，充满着贮存了一夜的破坏力量。年轻野兽的骄矜与神圣，充满了裸露于晨风中的厚实的胸膛。那打磨光亮的手枪和长靴，诉说着初醒的钢铁和皮革的新的饥渴。青年们人人都知道，只有视死如归的英雄行为，才能求得美的华奢和恣意破坏的快乐。

白天，士兵们拟装幻化为自然，变成喷火的树木，变成杀戮的草丛。一到夜晚，军营粗暴地迎接着一个个浑身汗水和污泥的士兵，那么冷淡，又那么柔和。青年们将白天犯下的破坏蓄积在晚霞般的面颊之上，一边擦拭刀枪，一边于油革交混的馨香里作一番浸透自身肉体的野蛮抒情。从而，这种将世界彻底紧缩了的矿物和这群青黑色野兽的感觉化为一体。温婉的熄灯号，用那金属般的柔润的指头，将粗劣的军毯拉到下巴，满含忧虑地抚慰有着长睫毛的紧闭的眼睑，让他们快快入眠。军队生活使男人们的特性全部显露，变得雄心勃勃，然而，躯壳的内里却储满了甘甜而润泽的牡蛎肉的温馨。这甘美的灵魂，这互相宣誓决心生死与共的灵魂，便是连接战士们庄严外表的彩带。您是知道的，独角仙只有养在蜜糖水里才能长大。

克虏伯　不过我问您，冲锋队的使命是什么？

罗姆　革命。永远更新的革命。冲锋队好比是挖泥船，用庞大有力的起重机，将海底的淤泥挖上来，这当然是为了使海底更深，让那些比现在更大的船只能够通过。

克虏伯　您是说把尸体也同淤泥一起挖出来吗？

罗姆　偶尔也有活着的人。克虏伯先生，我们就是要将强劲的铁腕插进不道德、腐败而且反动怠惰的，看起来非常污秽的国际主义淤泥之中，将其全部挖上来，不达目的决不罢休！

克虏伯　为了使更大的船只通过……

罗姆 是的，为了使更大的船只通过。

> （二人默然不语。欢呼声加重了他们的
> 沉默）

克虏伯 至少我是更清楚了。对于您来说，最重要的
就是您所考虑的"军队"……但是，希特勒
也在作这种考虑吗？

罗姆 在那些战斗的日月里，在慕尼黑，那家伙是
我亲密的战友。您看，他显得有些过于潇洒，
不过，现在依然是我的战友。

> （宛若被吸引而去，再次站到希特勒右
> 侧，背向观众而侍立）

希特勒 就这样，诸位，德意志人民伟大的斗争运动
进入了新阶段。红色的威胁已经根绝，我们
的拖拉机驶向了坦荡的平原。这个新阶段里
当前的任务就是教育。这种教育是为培养符
合伟大德意志需要的德国人民的教育。那些
已经患上贫血症、强词夺理的教授一概不要。
那些手无寸铁、有气无力、洁身自爱、歇斯

底里叫喊和平主义、不知道天高地厚的知识分子一概不要。那些面对少年施行亡国教育、否定歪曲祖国历史的非国民教师一概不要。只有那些能使德国青年像沃登[1]一般雄壮美丽、跨白马飞翔于太空的教育者，才可以做德意志的教师。不是吗？诸位。已经觉醒的诸位，人人都能成为教师，个个都负有使命，即对那些尚未衷心成为我党人士的数百万民众施行教育。只有在实现这个目标的拂晓之下，我国社会主义革命才能具有磐石一般的基础。

（在演说的过程中，克庽伯又感到无聊起来，他向施特拉塞打招呼。终于施特拉塞注意到了，他来到克庽伯身边，两人开始交谈。这时，正好传来"才能具有……基础"这句话）

---

1 沃登（Woden，亦称 Odin），北欧神话中最高的神。

格雷戈尔·施特拉塞

　　　　　有什么事吗，克虏伯先生？

克虏伯　　不，您和罗姆两个人水火不容，可为什么要侍立于希特勒左右？这真叫我弄不明白。

施特拉塞　我也感到奇怪。一直不接近我的希特勒，急急忙忙把我叫来了。看样子，罗姆也是这样被他叫来的。罗姆和我都很不自在，只是打了个照面而已。这就是希特勒式的惯常做法，在没完没了的演说过程中只得默默等待，最后才谈正经事。而那关键的事情肯定也是两三分钟就解决了。究竟是什么要紧事，我也不知道。

克虏伯　　这真够辛苦的。那么，您以为是什么事情呢，施特拉塞？

施特拉塞　恐怕是商量同您这样的反动资本家一刀两断吧？

克虏伯　　哎呀哎呀，您这是怎么跟我说话呢？不管是谁只要有必要，总是对我以恶名称之。

　　　　　大约两年前吧，希特勒和您闹翻了之后
　　　　　安心了，我们看在沙赫特[1]博士的面子上，
　　　　　为纳粹筹集了一笔巨额的借款。我认为
　　　　　纳粹之所以有今日，就是因为拥有这笔
　　　　　借款的缘故。实业界都称您是穷光蛋，
　　　　　一个一味煽动工人闹事的人，把国家经
　　　　　济搞得这么糟糕，真叫人受不了啊！

施特拉塞　不过，我的时代又一次来临了，您一
　　　　　点都没有感觉吗？党正处于危急关头，
　　　　　一九三二年即将再现，这对于我来说，
　　　　　也许是一张绝好的王牌。

克虏伯　　您说的有些道理。我很清楚您要说些什
　　　　　么。不过，还是别说了吧。克虏伯家的人，
　　　　　必须随时装聋作哑。

施特拉塞　复员后结婚，在兰茨胡特开药店，从那
　　　　　时候起，我的想法一点也没变。我的做
　　　　　人信条和平时一样，关键是希特勒想不

1　亚尔马·沙赫特（1877—1970），德国银行家、经济学家，曾出任希
　　特勒政府的经济部长。

想用我。克虏伯先生，您是兵工厂，我是医药店，究竟是将子弹射进肚子里还是拯救人命，做生意也要走正路。我卖的药特别有效，可以使濒死的病人复活。当然不可否认，也有一些副作用。像您这样的重工业和大型不动产产权的，无论如何都要按照国家社会主义的目的收归国有。可能的话，也请你们穿上蓝色工作服，（虽说不太合乎身份）花一点抽高级香烟的工夫，学一学车床活儿什么的。

克虏伯 您是说党的一伙人驾着成排的奔驰车到别墅去，而我们却要弓着腰做车零件，对吗？

施特拉塞 希特勒不会同意，但是德意志所希望的正是如此。克虏伯先生，对国家无私的奉献，不能停留在口头上，要有果敢的行动。像您这样的人，不妨带个头，把从战争中捞到的好处返还给国家，打开酒库，大饷民众，开放模拟英国人的猎场，不喝香槟，而是喝德国牧场纯净的优良牛奶。

克虏伯 喝牛奶就要生病的呀。

施特拉塞 罗姆也在什么时候说过这种话。那种人好好年纪却热衷于"玩兵"，把青年都培养成了酒鬼。这样下去，德国的将来怎么得了。罗姆为了显示自己是男人中的男人，所以一个劲儿拼命喝酒。

克虏伯 这么说您喜欢喝牛奶，是一个为健康的未来而奋斗的社会主义者了？就是说未来都是牛奶色的。哎呀呀，我真不想活啦！

希特勒 ……手挽手迈向未来！一起跟我来吧！我是领袖，是尖兵。我将铲除诸位前进道路上的一切障碍，挺身排除危险的地雷阵，保障大家坚强的脚步整齐划一地向前迈进！德意志万岁！德意志万岁！

（施特拉塞已经回到希特勒的左边侍立。群众欢呼"万岁希特勒"的声音经

久不息。克虏伯也无可奈何地站起身来。希特勒面向观众而立，一副兴高采烈的神色。他用手帕擦汗）

克虏伯　（向里走去，伸出手来握手）呀，太好啦，太好啦！阿道夫，您的演说很是精彩。

希特勒　听众的反应怎么样？

克虏伯　不可能有比这更为热烈的反应了。

希特勒　这是没有见过的证据。（转向罗姆）恩斯特，您怎么看？

罗姆　这种反应真是没的说呀。

希特勒　您看见广场东边路灯下站着的一个穿黄色礼服的女人吗？那个女人在我演说途中，而且是最关键的时刻，一转身回去了。好像故意让我看到似的，身穿黄色的礼服，趁着最重要的时刻退场了。那是个犹太女子，肯定没错。

（谈话在继续。希特勒和克虏伯一同在长椅上坐下。罗姆和施特拉塞远远地站着）

越看越觉得这总理官邸是一座阴风惨惨的建筑。希望把这种地方当成自己的住宅，现在想想真是愚蠢……不过，克虏伯先生，您特地来一趟，实在对不起，今天不巧有两位老朋友来访，我要同他们谈点儿要事，等完了之后，咱们再慢慢地聊，在这之前，您先好好歇歇吧。

克虏伯 就照您的意思办吧，总理。不过不要忘了，我是个老人，我的时间很少了。

　　　　（起立，分别看看罗姆和施特拉塞）

希特勒 那么，恩斯特，您先留下。

　　　　（克虏伯和施特拉塞离去。罗姆欣然靠近希特勒，再次握手）

罗姆 太好啦，阿道夫，真是一次美好而强有力的演说。您仍然是一位艺术家。

希特勒 您是说我是艺术家，不是军人？

罗姆 是的。这是神写着的任务，阿道夫是艺术家，恩斯特是军人。

希特勒 您的军队士气很旺盛吧？

罗姆	这随您去想象吧，阿道夫。
希特勒	这事回头再说。如今这个时候，阁僚会议之外没时间过分地聊天。不过看起来，您总是朝气蓬勃、精力旺盛啊。您一定像沃登一样吃了谁家的蜜糖水了吧？……找您来，没别的事，只想摆脱繁重的政务，好好和知心老友坐在一起叙叙旧。
罗姆	那么又要谈一九二〇年代了。十年前，我们的神话、我们的斗争时代。
希特勒	在慕尼黑第一次见到您的时候，我一眼就感觉面前站着一位同志。慕尼黑陆军地方军司令部参谋恩斯特·罗姆上尉先生……我不由以一副直立不动的姿势敬了个礼。（敬礼）
罗姆	（心情快活起来）希特勒上等兵，我今后要告诉您，对于党的建设来说，军队的后盾是多么重要；对于党的组织，军队的组织力量是如何重要；对于党的运动，战术的知识又是多么有效……我要把这

些都教给您。我的人生，我的命运，从此都托付给您吧……我在心里起誓，而且我要照着施行。我要把军队拉入自己一方，用军事机密费购买报纸，用军队的力量集合义勇团和回乡军人，教给您基本的战术，肩并肩冲过那个欺骗和背叛时代的疾风骤雨，勇往直前！

希特勒 恩斯特，您一直很勇敢。

罗姆 而且我们经常干得过火。

希特勒 现在也还会过火。

罗姆 （装作没听见） 一九二一年十一月，在皇家啤酒屋[1]的集会上，我们冲锋队干掉赤色分子的时候，是多么愉快！那些赤色的家伙，终于用他们旗子的颜色染红自己苍白而浮肿的面孔。

希特勒 还有一双长筒靴，一只阿道斯特老鼠。

罗姆 是的，长筒靴，想起来了。那时候从乱斗

---

1 慕尼黑皇家啤酒屋（Hofbräuhaus）始建于 1589 年，十九世纪起开始对市民开放。茜茜公主、歌德、列宁等都曾是啤酒屋的座上宾。

中抢来的。猛然觉察到，我的身体似乎
为长筒靴所替代了，有过一次名誉上的
伤害。

希特勒　脚尖穿了个洞，鞋底脱落了，张开一道
口子。

罗姆　我想马上去修鞋，谁知您竟然反对，阿
道夫。

希特勒　不管怎么说，没有比留下了战争痕迹的冲
锋队参谋长的这双长筒靴，更能纪念我
们神话般的斗争了。我们相信，这最能
鼓舞队员的士气。因此，您新买了长筒
靴之后，我把那只旧靴子擦亮，恭恭敬
敬放置在办公室的书架上了。

罗姆　不知是哪个家伙在里面放了奶酪什么的。

希特勒　是啊，现在也不知道犯人是谁。这肯定是
犹太人干的。

罗姆　是有个放奶酪的家伙。那天晚上，我去
您的办公室看您，静静的办公室不知从
哪里传来奇怪的咯吱咯吱的声音。于是，

　　　　　　我看到长筒靴的破洞里伸出一个鼻子，
　　　　　　原来是一只老鼠！

希特勒　　您生气了，想把老鼠打死。

罗姆　　　您阻止我不要这样做。

希特勒　　不错，奶酪这件事情嘛，总之，一只老
　　　　　　鼠跑进您那具有历史意义的长筒靴子里，
　　　　　　使我觉得自己要交好运啦！

罗姆　　　从那以后，每天晚上，您就补充一些奶酪
　　　　　　进去。

希特勒　　老鼠渐渐习惯了。每当我和您两个人长
　　　　　　夜漫话之时，老鼠必然出现，它毫不胆
　　　　　　怯地跑过来了。于是想到应该给它取个
　　　　　　名字。

罗姆　　　一天晚上，老鼠跑出来，脖子上挂着绿布
　　　　　　条，一看，上面写着"恩斯特"。我看了
　　　　　　十分恼火。（两人相视而笑）可是，我当
　　　　　　时佯装不知，到了第二天，这回该您……

希特勒　　这回该我发怒了。原来老鼠的脖子上又挂
　　　　　　上了红布条，上面写着"阿道夫"。（二

（人皆笑）我们互相揪着打了一架。十年前……是的，那时候，我们住在军营里，年纪轻轻，脾气火暴，动辄打架……当然我的力气敌不过您，到后来只有我妥协……从那天晚上起，老鼠的脖子挂上了白布条，老鼠的名字干脆就叫"阿道斯特"了。

罗姆 是阿道斯特鼠吗？《格林童话》里也没有这样的老鼠。

希特勒 真是一只滑稽可笑的老鼠啊！

罗姆 那只老鼠后来怎么样了？

希特勒 不知何时不见了。

罗姆 死了吧？

希特勒 多半是死了。

（唱）死要一起死，

罗姆 （唱）战要一起战。

希特勒 （唱）拿起冲锋枪，

罗姆 （唱）共同上前线。

希特勒 （唱）红色罂粟花，

罗姆　　　　（唱）盛开在胸前……

　　　　　　——那时候，经常唱这支歌，一支感伤的歌，阿道夫·希特勒作词作曲。您已经不允许党员再唱这支歌了吧？

希特勒　　　别小瞧人，我在维也纳上学时就开始为音乐剧作曲了。

罗姆　　　　是《铁匠维兰德[1]》吧？那乐谱到哪儿去了？

希特勒　　　一到春天，我就经常一个人到维也纳的森林里散步。有一次竟然登上了阿尔卑斯山塞默灵山口。那乐谱被山口的一阵风吹跑了。我的乐谱顺着阿尔卑斯一道道积雪的山谷散开，悠然地上下飞舞。乐谱落在残雪上，一张张埋进雪里，落在春天嫩绿的草丛上，看起来像烂漫的山花……一想起那山花，我想，要是当个艺术家该多好。

1　在北欧神话中，铁匠维兰德是一个传奇般的铁匠大师，性情古怪且心怀恶意。

罗姆　　　那真是太合适不过了呀，阿道夫。恩斯特，军人；阿道夫，艺术家。他们一道携手并进。

希特勒　　您认为现在也可以吗？

罗姆　　　现在也可以。

希特勒　　可不是嘛……总之，我要是成为艺术家就好了。就像那伟大的瓦格纳一样，在世界这口锅上，紧紧抓住"无"和"死"这两个把手，像高明的厨师一般，将全世界代表性的人及其情念，一个不剩地放在煎锅上，放在巨人苏尔特尔[1]永远不灭的火焰上哔哔剥剥煎烤上一番就好了。那样要轻松得多，还会赢得一个舒心的名声。即便当上总理，由于生来贫贱，没有教养，暗地里也会招人议论……所以，军人恩斯特，请您回忆一下，您在当上尉的时候谆谆叮嘱我的话。

1　苏尔特尔（Surtr），北欧神话里的火焰神，镇守南方火焰之乡。在诸神的黄昏里，他高举胜利长剑，将火焰投向大地，使世界燃烧殆尽。

罗姆	什么话?
希特勒	刚才您自己不是提到过吗?就是您教导我的话:"对于党的建设来说,军队的后盾是多么重要。"
罗姆	怎么样呢?
希特勒	所以现在,我希望您回忆一下自己说过的话。
罗姆	过去和今天情况不同。
希特勒	不,政治的法则是不变的。
罗姆	好,我说吧。正像您所说的,过去和现在也许一样,军队的后盾作用也许是必要的。但过去纯粹是为了党,现在只是为了您选举下届总统。兴登堡总统就要死了,这个夏天很难度过去。
希特勒	不要这么说嘛,恩斯特。这是政敌的说法,作为同志,我们可以使用更为亲切的言辞。
罗姆	那就用亲切的言辞吧。您继承兴登堡元帅的衣钵,我也赞成。我要尽力帮助您。

我要把拥有三百万冲锋队员的新军队当作您的后盾。

希特勒　　所以……

罗姆　　等等。不过我反对您继承腐败和反动的衣钵。我不愿看到您背叛我们好不容易用自己的力量创建的新德意志。那些买办资本家和容克家族，那些保守派老朽政治家和老朽的将军，那些在将校俱乐部冷淡待我的贵族出身的无能士官，那些从来不考虑革命和民众，一味装模作样戴着白手套的普鲁士国防军，还有那些一天到晚喝啤酒嚼土豆片，打饱嗝的大肚子资产者，以及那些美甲的官僚宦官……我反对您君临这些人之上，一边对他们点头哈腰，一边热衷于互相的拉锯战。您要是做这样的总统，我反对，我坚决反对！我要千方百计阻止您。

希特勒　　恩斯特！

罗姆　　听着，我是希望您当总统的，衷心希望。

但是要获得我的协力，必须在扫除这块
腐朽土地上的垃圾之后。军官团[1]算什么？
光是在口头上威吓，军服里面是空的，
那种金光闪闪的稻草人有什么可怕？德
意志只有一支革命的军队，那就是拥有
三百万队员的冲锋队……不是吗，阿道
夫？大扫除之后，我将在柏林广场铺上
洁白的地毯，推戴您来当总统。不要忘记，
革命还没有结束，下一次革命之后，德
意志就会彻底苏醒，纳粹德国的国旗就
会在晨风里飘扬。摆脱一切腐败和老丑，
充满青春朝气的沃登之国会令人刮目相
看，变成一个坚强团结、由英俊健美的
战士共同组成的国家。您就是这个国家
的元首。当上这个国家的元首，只有这
样，阿道夫，这才是您光辉的命运。为此，
我将献出生命。

---

1 军官团是容克阶层的政治力量代表。

希特勒	谢谢，恩斯特。您的心情我非常理解，您的热诚无可怀疑。
罗姆	所以，不要理睬军官团。
希特勒	您的意思是，没有您的军官团已经不是军官团了，对吗？
罗姆	对，您有冲锋队跟着。
希特勒	但是不能否认军官团的存在。
罗姆	我早就对那伙人不感兴趣了。
希特勒	不管您感不感兴趣，也不能否定他们的存在。
罗姆	没有革命精神的军队不能称作军队。
希特勒	即便如此，既然刀剑铿锵闪亮，那肯定就是军队。
罗姆	不要忘了，阿道夫，凡是有关军队的事，都是我教给您的。
希特勒	好了好了，不要生气嘛，恩斯特。不要忘记，作为同志和战友，我为您的冲锋队竭尽全力，将冲锋队毁掉的只能是您自己……好好好，您听着，您一开始就

希望将冲锋队编入国防军，作为国防军的核心。这样，才能使德国的军队成为人民革命的军队。这就是您的信念，不是吗？

罗姆 说得对，但是因循守旧的军官团……

希特勒 不，您有点太过分了。从前年到去年，冲锋队的一套手法怎么样呢？军官团感到胆战心惊，这是可以理解的。在地下室和仓库里私设公堂，拷打，绑架，索要赎金。甚至听说某个地方上的队员，将情敌带来捆在地下室的柱子上，割下肉来生吃。

罗姆 那只是一时的事，年轻人模仿秘密警察干的。后来就被取缔了，再没出现过这种事情。

希特勒 好吧，就算是一时的事。不过，恩斯特，让我毫无顾忌地说一句，您的冲锋队可以说是一支留恋过去的军队。

罗姆 这是什么意思？

希特勒　三百万人的兵团，能称为杰出的政治集团吗？他们的生存价值不正在于令人怀恋的"玩兵"上吗？恩斯特，您可以怀恋古老的军队，但是不能毒害这么多的青年人。冲锋队所梦想的，不是未来的战争，而是过去的战争。虽然战败了，但战友之爱依然美好；生活于兵站基地的烦嚣之中，再现对古老战争伙伴的回忆。多么陈旧的演习，在那无聊的升旗的一天，也要穿着制服上操，然后必定要打烂酒馆上百块的窗玻璃，胡乱唱着跑调的军歌，吵吵闹闹一番，然后由值班士兵将烂醉如泥的战友收拾抬走。熄灯时刻也是彻夜喧嚣，这不是成了冲锋队的定规了吗？走起路来趾高气扬，老实的市民见了嗤之以鼻："喂，冲锋队从对面走来啦！"于是，家家户户都把姑娘藏起来。

罗姆　（苦涩地）　不能只看一点而不顾其余啊。

希特勒　那好，不说这个了。但是，您自己不是一搞起冲锋队，就喜欢把世界缩小吗？您不知道，为此我在仰仗军官团的戈林面前是如何庇护着冲锋队的。自从您入阁以后，不是从旁看得很清楚吗？这二月份通过的一项法律，对在政治斗争里负伤的冲锋队员，发给与大战中负伤的人员同等的抚恤金，我为促使这项法律得以通过，作出了最大的努力。尽管如此，那又怎样呢？您马上就拆台，在政治上最坏的时期，您使出了最坏的一招。在二月的阁僚会议上，您做了一项提案，建议为了加强军备的基础，应当设置专职部长，以便利用冲锋队监督包括所有正规军在内的国防军。这张椅子当然要您来坐了。这样一来，您就把国防部长冯·勃洛姆堡将军完全推到您的敌对一方，使得整个军官团僵化了。我急忙撤销了您的提案，但已经晚了。您决定性地成了军官团的眼中钉。这也是您咎由自取。

军官团会这样看您：这个人总有一天想取代军官团，企图将革命推倒重来。

罗姆　军官团也不仅仅是瞎子。

希特勒　这不是开玩笑，恩斯特。事态已经到这种地步了。国防部长冯·勃洛姆堡送来了一份声明。这也可以看作是军官团的总体意见，看起来，普鲁士国防军的传统跑来大喊大叫了。

（从口袋里掏出一张纸给罗姆看）

罗姆　（读）"总理阿道夫·希特勒阁下：政府是依靠自己的力量立即缓和政治紧张，还是奏请总统发布戒严令委陆军以权限……"

希特勒　他们来叫我二者选其一。

罗姆　二者选其一……

希特勒　是的，而且马上……

罗姆　这是威胁，恐吓！军方的肚量……

希特勒　太小了是吗？我也是这么看的。但是，就算军方没有肚量，也有普鲁士老古董传

承的尊严啊。事情弄到这一步已经无可
挽回了。

   （二人长时间沉默）

罗姆 （突然站起，抱住希特勒肩膀）阿道夫，
   下决心吧。眼下对于我们，对于纳粹，
   正是关键时刻。不能妥协。要是妥协了，
   我们用生命换取的运动就会永远背上黑
   锅……阿道夫，以往昔的心情卷土重来
   吧。我跟着您，我不是正跟着您吗，阿
   道夫？

希特勒 （呆然地）是的，您是跟着我……

罗姆 （硬是把希特勒拉起来，在室中转悠）
   要搞二次革命，恢复慕尼黑时代的青春
   朝气，否则我们对不起流血同志们的亡
   灵。民众是我们的，青年是我们的，让
   那陈腐的、虚张声势的权威在一天里完
   蛋！此外，阿道夫，德国还有六百万失
   业者，他们的不平不满正可以为我们所
   用。（将之拉向阳台）看，看，广场这里

那里的椅子上，到处坐着囊空如洗的年轻汉子，他们低着头，呆然若失。他们就是我们过去的身影，那从战争、饥饿和通货膨胀之中被放逐的我们的身影。我们清楚知道，那年轻、贫困、有气无力的一群，是一堆多么容易被点燃的干柴！那些惨不忍睹的干柴又要着火了。大火很快就要燃起，烧遍整个德国！这大火终将变成神圣的苏尔特尔的火焰！

希特勒　（不愿意朝阳台上看，回转身）好了，恩斯特，不要再诱惑我，不要再诱惑我，不要再向我心里灌迷魂汤了。

罗姆　这就看您的决心了，阿道夫。

希特勒　（好容易挣脱，坐在长椅上，也不看一眼站在身后的罗姆）您忘记了，忘记了不该忘记的重要教训：不能与陆军为敌。一九二三年发生了什么事情？我那般向罗斯尔将军求情，他最终还是拒绝提供武器。军方和警察都说，只要一发现我们稍有不安稳的举动，他们就立即开炮。而且我们这里，已经临时动员了两万名冲锋队员，在通往慕尼黑的大道上，眼睁睁面对赤色分子的队伍，而我们只好袖手旁观。您闯进兵营偷来的武器，在将军归还武器的命令面前派不上用场。我们投降了。

罗姆　……

希特勒　好好想想吧，恩斯特。今天晚上我也好好想想，明天吃早饭的时候再见，把我的想法给您说说……哦，请让在房里等待着的施特拉塞到这里来。

（罗姆下。希特勒默然沉思。施特拉塞上）

施特拉塞　阁下……

希特勒　啊，好久不见了，请过来吧。

施特拉塞　好的。

希特勒　请您来不为别的事，叙叙旧谊。您一直隐居不出，想借鉴一下您休养生息的智慧。

施特拉塞	我没有什么新的智慧，这一点阁下是非常清楚的。我只是鹦鹉学舌，重复过去的理想罢了。如今已经失去了这样的理想。
希特勒	如今已经失去了？
施特拉塞	可不是嘛，党的纲领到哪儿去了？反资本主义，打碎普鲁士的体制，取代国会的法西斯战线的自治体议会，这些都到哪儿去了？一切都面目全非了。
希特勒	您是说？
施特拉塞	所以我说还是过去的老样子，哭哭啼啼的依然是工人的孩子，和从前没有什么不同。
希特勒	所以我想问您，就没有智慧改善一下吗？
施特拉塞	智慧嘛……没有，只有理想，至少在我心里。
希特勒	实现理想的手段呢？
施特拉塞	我是来接受考试的吗？都这把年纪了。
希特勒	好吧，可是和您息息相关的工会，还在提倡同您一样的理想。就连经济贸易部长

施密特博士对此也束手无策，他埋怨说，党内左派一些人分不清什么是赤色。

施特拉塞 军官团似乎没有这种看法。

希特勒 哦，是吗？……您说的军官团是指落后于时代的冯·施莱谢尔等人吗？

施特拉塞 不仅限于他们。我是说"军官团整个都是这样"。

希特勒 您对军官团十分了解啊！

施特拉塞 军队是双刃剑，说不定久久被轻视的党的纲领，会通过军队加以实现。

希特勒 施特拉塞，这些使人牙碜的话不要再说了。

施特拉塞 "希望"这东西，往往不得不采取一种不透明的表现方式。

希特勒 您是说您有希望？

施特拉塞 是的。

希特勒 您掌握了某种情报？

施特拉塞 比如国防部长冯·勃洛姆堡的声明什么的。

希特勒　　（内心甚感惊讶）好厉害的情报网！

施特拉塞　假如发布戒严令的话……

希特勒　　我不会干这种事情。

施特拉塞　我是说"假如"的话，那么您认为军方会
　　　　　到哪里寻求政治上的帮助呢？是拼死去
　　　　　找总统，还是到您这里来呢？

希特勒　　老实说，他们谁都不求。

施特拉塞　他们要是到我这儿来，怎么办？

希特勒　　您太自负了吧？

施特拉塞　也许有点自负，但为防万一，我要早作对
　　　　　策才是啊。

希特勒　　什么对策？

施特拉塞　这个您自己考虑吧。假若军官团想把总统
　　　　　作为后盾……

希特勒　　您是说您有能力加以干扰，是吗？

施特拉塞　我还没有这么说……

希特勒　　您完全想错啦！我一向把您看作是一个纯
　　　　　粹的人，您竟然认为社会主义能同军官
　　　　　团搞在一起。

施特拉塞 随您怎么想象都可以。不过，事实如果照这样下去，党就会分裂，不留一点痕迹。还是早作对策为好啊。

希特勒 所以我问您是什么对策。

施特拉塞 回到党纲的精神上去。明确地站在工人一边，推进国家社会主义。

希特勒 您的话总是在绕圈子。

施特拉塞 一切都要看阁下的决心。

希特勒 谢谢您好心的忠告。

施特拉塞 不，不必客气。

希特勒 明天早饭再来，到时候我要听听您有什么好的对策。

施特拉塞 好吧，明天一早见。

（施特拉塞下。希特勒独自一人，坐立不安地来回走动。他走向阳台，转过身来思考问题。不久，克虏伯走进来）

克虏伯 已经空闲下来了？

希特勒 哦，克虏伯先生。

克虏伯 好像要下雨了。

希特勒	不是什么大雨。真奇怪呀，每次我演说完毕，总要下雨。
克虏伯	您的演说能呼风唤雨啊。
希特勒	雨水濡湿了黑色广场的一刹那，各处椅子旁的人影骤然消失了。广场变得毫无趣味，没有一个人影。这里刚才还挤满了群众，欢呼声和鼓掌声热烈非常。可是，演说结束的广场，就像一个疯子发作之后睡着了，一片沉静。不管走到哪里，总是一些人在伤害另一些人。不管多么富有权威的衣服，虱子总能找到缝隙钻进去。克虏伯先生，那种绝对不受伤害、没有任何破绽的好似洁白的防护衫一样的权力，是不存在的吧？
克虏伯	要是不存在，您可以做一件嘛。
希特勒	您能不能为我做一件呢？
克虏伯	这要量个尺寸。

（稍稍退后，用拐杖远远比画着，量尺寸）

希特勒	怎么样？
克虏伯	很遗憾，尺寸稍嫌不足。
希特勒	还需稍微磨炼一下吧？
克虏伯	裁缝总是慎重的，阿道夫。如果没有人肯为您出钱，也就不大容易做成一件衣服。虽然想成就您的人有的是，但尺寸不够，不能使他们获得艺术的满足。还有，做成的衣服，还得穿着合适，宽宽松松，舒舒服服。穿着方法也很讲究，要使得本人感觉不出到底是穿了还是没穿……我不想给您做一件紧身的背心，这和给疯子套上一件紧身衣服不是一回事。
希特勒	假如我是个疯子……
克虏伯	（亲切地将手搭在对方肩头）我有过好几次经验，在那一瞬间里，要是不把自己看成疯子就简直受不了，不，甚至是不可理解……
希特勒	那碰到这种情况？
克虏伯	除自己之外，把其他人一律看成疯子好了。

希特勒　　我也似乎到了这种关键时刻了。作为一个
　　　　　国家的总理……

克虏伯　　下雨前必定关节会痛，可是今天下雨，倒
　　　　　没有任何预感。

希特勒　　克虏伯先生，请给我制作一件疯子穿的紧
　　　　　身背心吧。捆住两手，既不能伤害别人，
　　　　　也绝不会被别人伤害……

克虏伯　　（摇头远去）不行啊，阿道夫。还不是时
　　　　　候，不行……

————幕落————

第二幕

　　翌日早晨。场面同前一幕。中央有一餐桌，放着三份饭菜。希特勒和罗姆刚吃完早饭，杯盘空空，两人分别坐在左右两边的扶手椅上喝咖啡，抽烟。餐桌撤到后面，桌脚钉着轮子。阳台门敞开，可以看见早晨晴朗的天空，阳光闪耀。

希特勒　多好的早晨！又好像回到了过去……躲开讨厌的侍从，你我相聚，互沏一杯咖啡，抽上一支烟，吃顿早饭，这种机会哪怕一个月有一次也好啊！

罗姆　想必别的阁僚要吃醋了。

　　好吧，阿道夫，您今天也很忙，分别前把协商好的事项再确认一下吧。

希特勒　不是协商，是命令！恩斯特。

罗姆　关于这项命令的内容，事前要取得我的谅解，过去就是按照这种做法走过来的，不是吗，我们？

希特勒　啊，形式无所谓，我命令，三百万冲锋队队员下个月休假一个整月，一直到七月底。休假期间，禁止队员穿制服、游行或参加演习。您就此向队员发表声明……就是这些。

罗姆　七月底之前总统或迟或早就要圆满归天了。

希特勒　命在旦夕，恩斯特。世界上首屈一指的德国医学，即使调动一切先进医疗手段，也不可能保全他的生命到八月。

罗姆　好吧，在那之前，实行政治休战……昨天一个晚上，我作了各种考虑，这个时候只有依靠您的智慧才能躲过这场暴风雨。您在当总统前这个阶段，只要使我们大家都老老实实，您就有办法对付狂暴的普鲁士将军们，暂时躲过风浪。为此我也可以作出一些妥协。

希特勒　谢谢，您到底是我的朋友。

罗姆　而且又是好时机，整个夏天，都能从极其紧张的生活中解放出来，暴徒们待在老家，养精蓄锐，以便为来年秋天激烈的训练作准备，倒也不坏。大街上看不见穿着冲锋队制服的身影走过，军官团也会暂时放下心来，感念您的统制能力。民众到底还是民众，他们整个夏天都会细细品味着一种情绪，静心等待冲锋队回归战斗的前线。

希特勒 说得对。眼下要给发烧的脑袋降降温，使灼热的铁块冷却。我当总统之后，委任您统领全军的步骤也就水到渠成了。一切都要忍耐到那个时候，希望您和我一起挺过难以忍耐的事态。看起来光辉闪耀的总理和阁僚，在分担难以表达的劳苦这一点上，我们又回到了一九二三年卧薪尝胆的那个时代。但是，这不是一个人能够背负的痛苦，一想到要同真正的朋友两个人共同承担这一重负，涌流的汗水也会增添勇气的光辉。恩斯特，我再没有比现在更需要依靠您的时候了。眼下，我们两个应当携起手来……

罗姆 我知道，阿道夫。

希特勒 谢谢，罗姆。

罗姆　　不过，突然之间放长假，队员们也会发生动
　　　　摇的，总得找个理由才好……

希特勒　等等，这个我也正在考虑。理由倒是有一
　　　　个……您生病……

罗姆　　（笑）我？我生病？（拍拍胸脯和手臂）平
　　　　生从不吃药看医生，我永远是一副年轻的钢
　　　　铁般强健的身体，要叫咱这位上尉生病？

希特勒　所以嘛……

罗姆　　谁会相信呢？能够伤害我的只有子弹。然而，
　　　　我这副身体中的钢铁，说不定有一天会把背
　　　　叛我的伙伴的相同的钢铁块吸引进来。是的，
　　　　铁和铁和睦相处，互相接吻的时候，只有那
　　　　个时候我才会倒下。但是，就算到了那时候
　　　　我也不会在床上停止呼吸。

希特勒　是的，勇敢的恩斯特。您这个人，即使当
　　　　上部长也不会死在床上。但是，我同您相约
　　　　定：您可以装病，发表声明时说明原委，疗
　　　　养一两个月之后，东山再起，同时将冲锋队
　　　　带成一支比以前更精锐的部队。

罗姆　可是谁会相信？

希特勒　正因为不可信，队员们才会相信。他们会想到：这家伙心里说不定有难言之隐吧？

罗姆　对，有道理，那么我就……

希特勒　您到维塞湖去怎么样？就在那湖畔的宾馆里松松筋骨吧。

罗姆　（梦幻似的）维塞……快乐在那里等着我，这是英雄的快乐。（深思熟虑之后）好吧，今天下午就发表声明，晚上前往维塞，在这之前要把汉斯尔包尔宾馆的房客全部赶走。

希特勒　很好，恩斯特。还有，声明的内容……

罗姆　等等，喝完这杯咖啡再说。（打腹稿）"休假结束的八月一日这天，冲锋队经过前一阶段充分的休养生息，将以旺盛的精力立即投入人民和祖国所期待的光荣的工作中……"

希特勒　（为难地）就这样开头吗？

罗姆　是的，结语这样写："冲锋队，无论过去和现在，永远是德意志的命运。"怎么样？

希特勒　哦，行啊。

罗姆 您不同意，就什么事也干不成，我……

希特勒 我同意。

罗姆 您理解我吗？阿道夫。我可是三百万军队的参谋长啊！

希特勒 我当然理解，恩斯特。

罗姆 这才叫朋友……还有，那个施特拉塞也太过分了，总理请他共进早餐，竟然可以不来……不过，这对于我倒很好，久未见面，很难得能同总理一道吃顿早饭，叙叙旧谊。

希特勒 施特拉塞就是那么个人。他威胁我，一看我不吃他那一套，于是就缩回自己的洞穴，连忙编起蜘蛛网来，他要修补那张充满阴谋诡计的网。打扰他的繁忙的隐遁生活，实在有些过意不去啊！

罗姆 他要是阻止推选您为总统，我不会置之不理的。那种满嘴谬论的人很好对付，工人要是无理取闹，冲锋队就叫他们闭嘴。昨天，那家伙好像有这番意思。

希特勒 不，没有这回事。

罗姆 要是有一点苗头，就立即告诉我，收拾他们很容易。

希特勒 谢谢，恩斯特。到那时候我会说的。再见。

（站起身来）

罗姆 啊，朋友，放心地回到政务中去吧。既不合军人也不合艺术家的行政事务等着您呢。靠着啃书本活命的老迈的山羊们，正伸长了脖子等着您喂草呢。您靠着提笔签字打发日子，挥舞刀剑的腕力就这样被废弃了。权力是什么？力量是什么？那只不过是用来签字的苍白的手指尖微小的肌肉运动罢了。

希特勒 不要再说了，我全明白。

罗姆 所以，朋友啊，所以我要说。请不要忘记，您的权力不在您手指尖的运动上，而在那些用景仰的目光远远注视您的一举一动、紧急时毫不犹豫地自觉抛出生命的青年强健的臂膀上。一旦在行政机关的森林里误入迷途，那么最后为了斩断枝叶寻找活路时，只有伴随黎明曙光的脉搏一同敏感地隆起的一块块

坚韧的肌肉，才是您唯一的依靠。不论哪一
个时代，权力最深刻的实质，就是青年们的
肌肉，切莫忘记这一点。至少不要忘记，还
有一个专为您而保存、专为您而使用这种权
力的朋友。

希特勒 （伸出手来） 我怎么会忘记，恩斯特。

罗姆 我也不会忘记，阿道夫。

　　　　（二人四目对视）

希特勒 好吧，我该走了。

罗姆 不用再等施特拉塞了吧？让那家伙的小嘴儿
塞一塞这冰冷的早餐，倒也挺开心的……

希特勒 叫侍者撤下去吧。

罗姆 不用，交给我了。我让您看看斯克里米尔 [1]
加入托尔 [2] 的队群、背着粮袋跟在后面的那
股巨人之力吧。

希特勒 哎呀，您又不是齐格飞 [3]。

1　北欧神话中的一名霜巨人。

2　雷神托尔，奥丁的长子，众神和人类的守护者。

3　齐格飞（Siegfried），屠龙英雄，德国民间史诗《尼伯龙根之歌》的
主人公，力大无比的勇士。

罗姆 看，巨人出动了。（推着餐桌）

希特勒 罢了罢了，一个当今的部长，亲自收拾吃过的饭桌。

罗姆 不要这样想嘛，阿道夫，这可不好啊。

（高兴地推着餐桌走向左首。希特勒目送着他，正要走向右首，克虏伯从阳台上出现了）

克虏伯 阿道夫……

希特勒 早安，克虏伯先生。

克虏伯 早安。真是清爽美丽的一天哪！演了一出不合时宜的滑稽戏，在阳台上沐浴着朝阳，温暖一下我的膝盖，真是一举两得。我这讨厌的膝盖，今朝倒是挺高兴的哩。（不用拐杖，意气扬扬地走着）

希特勒 这挺好嘛，克虏伯先生。

克虏伯 从窗户缝毫不掩饰地窥探室内，没有比这更叫人热血沸腾的了。到了我这把年纪，再也无力阻挡老婆和别的男人上床，但嫉妒本身正如葡萄酒一样使我沉醉，变成了一个彻底的懒汉。

……正像您说的，把自己藏在阳台上做戏，听着你们的对话，我也仿佛返老还童，把你们都当成为我服务的雇用人员一样了。盗看，盗听，把一切都庄严地变成浪漫的东西，这只能使我感到惊讶。

希特勒　您是说我们的会话是撒谎、是做戏，对吗？

克虏伯　不，您也很诚实，罗姆的诚实更进了一步。你们真实的崇高品格，看起来没有一点儿虚情假意。

希特勒　就是想让您看到这一点，克虏伯先生。正是想借助您那副深深疑虑的眼睛，看一看没有第三者在场的政治诚实。罗姆不想妥协而妥协了。通过那样一种措施获得军官团的谅解……至少在我是不会相信的，绝不相信……但希望能这样。

克虏伯　我至少也希望这样。我老了，时间不多了，只有这种不负责的希望。不过，我问您，阿道夫，当罗姆拉着餐桌意气扬扬退场的一瞬间，您突然泛起一种莫名的阴郁表情，好像一下子老了十年，这到底是为什么？

希特勒　（一惊）　您真是一位厉害的相面师！

克虏伯　我的希望不是寄托于你们的会话，而是寄托于其后您一个人的那种阴郁的表情。我这样说，您能理解吗？

希特勒　克虏伯先生。

克虏伯　是这样，阿道夫，暴风雨就要来了，不管您愿意不愿意，它总要来的。山山岭岭，云雾腾腾，广阔的牧场，一派昏暗。羊儿们咩咩不安地喊叫，牧羊犬跳跃着把羊儿们赶进羊圈……这时候，连您自己都感觉不到这场浩大的暴风雨，只是觉得您自己就像那只迷失方向的牧羊犬一样。而且，您和罗姆达成了妥协，也就是和羊达成妥协。

希特勒　罗姆是羊？他要是听到了，真不知会怎么生气呢。

克虏伯　即便不是羊，罗姆也抱有结群的思想，不是吗？但是您和罗姆分手后，黯淡的额头上满布着的既不是羊，也不是牧羊犬，只能是一场暴风雨，如果这样说显得太显露，那就叫风暴之前飘动的黑云吧。紫色的闪电照耀着崇山峻岭，巨雷震撼了世界，穿透人们灵魂的电流，一瞬间将一切化作一握灰土。这就是如此巨大的暴风雨的前兆，这恐怕连您自己都没有感觉到吧？

希特勒 那时候，我很害怕，迷茫，悲伤，只有这些。

克虏伯 保有一份人情，即使是总理高官，也谈不上羞耻。只是，如果将人情无限扩大，就会变成自然之情，最终化为神的意志。观察历史，只有极少数人能够做到。

希特勒 这就是人类的历史。

克虏伯 神的事是不可知的。但是铁……这铁呀，阿道夫，炼铁厂每天每夜都在进行作业。铁矿石钻进华氏三千度高温的烈焰中，就会变成生铁。它已经转化为别的东西了。

希特勒 我要好好考虑您的话，克虏伯先生。

（两人走向右首。片刻，罗姆逃跑似的自左首上。施特拉塞追赶着登场）

罗姆	您为何老是跟着我？我不想和您说话，看到我的表情还不明白吗？
施特拉塞	我知道。不光是我们，世上的人都这么说，罗姆是右翼，施特拉塞是左翼，他们两人水火不相容。即使在人前硬要他们见面，也都毫不犹豫地别过脸去。他们俩一开口，总是互相诅咒……这些我都明白，用不着您提醒。正因为如此，正因为如此，眼下我们必须商量商量。
罗姆	总理的早餐会您都迟到了，总理已经办公了。您还是去道个歉吧。
施特拉塞	问题已经超出宫廷礼仪了，罗姆。
罗姆	那就随您吧。
施特拉塞	让我随便些吧。（坐在左侧的扶手椅上，对着罗姆）您不坐下吗？
罗姆	也让我随便些吧。（一直站着，不安地转悠着说话）
施特拉塞	（笑）简直像小孩子吵架……不要再乱发脾气了。您对总理不服气吧？对现在的

　　　　　总理完全失望了吧?

罗姆　　您不要胡乱猜测我的感情,阿道夫和我是
　　　　　老朋友了。您虽然是个老党员,充其量
　　　　　不过和阿道夫相识罢了。

施特拉塞　但是,您肯定对现在的希特勒幻灭了。

罗姆　　您凭什么根据说这话?……

施特拉塞　事实上,我也幻灭了。我也大大地不服气
　　　　　啊。总理希特勒,已经被脱落麟片的老
　　　　　朽的龙们五花大绑起来了……这使我大
　　　　　失所望。

　　　　　现在,心境多少起了变化,尤其在昨天见
　　　　　面之后,看法改变了。现在既不感到失望,
　　　　　也不感到幻灭,希特勒干得很漂亮!

罗姆　　(渐有兴趣)这就是您今天不来吃早餐的
　　　　　理由吗?

施特拉塞　那是另有原因。我想,专门请去吃早餐,
　　　　　要是下毒怎么得了呢?

罗姆　　不要开这种蹩脚的玩笑……(不由加入谈
　　　　　话)您所说的阿道夫干得漂亮,这是出

自人们的看法，还是时代的……

施特拉塞　两方面都有一些。希特勒正面临至今没有
经历过的新时代，他当然要采取过去所
没有的新态度了。目前是这样一种情况：
我们虽然不能要求希特勒怎样怎样，但
是他自己不得不如此。我不敢说希特勒
已经巧作安排，但是他比谁都明确看清
了事态。我说他干得漂亮，也就是这个
意思。

罗姆　看来您是衷心赞美这个"新时代"了。对
这样一个四面不透风的阴暗的时代，作
为革命家的您……

施特拉塞　革命已经结束了。

罗姆　这个我知道。施特拉塞，正因为如此，所
以这回我们……

施特拉塞　您所说的是未来的事吧？今天您不要谈什
么新的革命，至少答应政治休战的您……

罗姆　为什么不能谈？

施特拉塞　这些我知道。虽然不是偷听，但经过政治

锻炼的我，很早就听说过。问题是现在，现在……革命已经结束，您也不得不承认这一点。

罗姆 （很不情愿地）这倒是。

施特拉塞 革命结束了。您当了部长，希特勒当了总理，而我呢，隐居了。可以说各得其所。很早以前就有这种征候。但奇怪的是，没有一个人想到革命会有结束的一天。（鸽子在阳台上啼鸣）

哎呀，鸽子叫了，刚才从放在走廊里的餐桌上弄了一些面包片，打算喂鸽子的。（掏口袋）果然装在这里了……哈哈，都挤成粉末了。

（走向阳台撒面包屑。罗姆交肩进来，坐在右侧的扶手椅上）

鸽子高兴地吃着面包屑，多么美好的阳光！革命的早晨不是这个样子的。到处闻不到一点血腥味，真没想到还会有这样的早晨！

（施特拉塞靠着阳台的栏杆说着话，一边不断地给鸽子投面包屑）

本不该有那种事，但是有一天，却慢慢地发生了。革命的鸽子脚上绑着重要的命令，在枪林弹雨里飞来飞去，鸽子洁白而饱满的胸脯，不知何时会浸染着鲜血。今天怎么样呢？飞来这里的鸽子们，一面叽叽喳喳吵嘴，一面争夺面包屑。

铁道桥上火车的黑烟已经代替了硝烟的气味，庭院里腾起了篝火的气息。窗户里拍打鲜艳的绒毯，从下面走过也只有烟灰和鞋尘飘落，没有干涸的血粉掉下来。时钟响了。时钟不再指着某个紧迫的时刻，只是表示流动的时间，不管是金钟、银钟或大理石座钟，曾经凝固的时钟如今都变成了液体。女人拐过街角，她手腕上购物篮里的葡萄酒要转递给革命伤员的时候，曾放出宝玉的光芒，可眼下却变成了瓦砾的颜色。

钻进子弹的花盆，绽放着蓝色的花朵；一旦失去子弹的肥料，只能开放难看的三色堇。歌也是一样，失去了那种锐利清新的悲鸣和共同的特性。映入死者眼睛的遥远青空，本是变革的幻影，但如今的蓝天在洗衣盆里的水中被弄得支离破碎。所有的香烟，早已失去那种难耐的诀别时的甘美情味。

浸透于自然、人间、事物之中的力量，已经没有浸透力了，只是像水和空气那样在我们的肌体上滑行。我们纤细、敏锐、花纹似的神经组织，不知不觉松弛了，断裂了，粗糙不堪了。

这时，别的气味涌来了。那是遥远的古昔，不知在哪里闻惯了的腐烂的气味。落叶中猎犬遗忘的猎物 —— 鸟体经过腐烂，散发出致使森林里的一缕缕阳光略显浑浊的独特气味。这种随处可见的腐烂气味，使得人的手指产生一种麻风病愈后的钝麻之感。这手指曾经像黑暗中的篝火路标一样指示着前进的方向，可如今却仅仅用来在支票上签签字，或者用来掰开女人的身体。脱离，脱离，目不可见的透明的日复一日的脱离。这种感觉，罗姆，您可都深深尝到了吧？

弦乐器不再弹着真正的颤音。旗帜不再像猎豹腾跃身子一般飘卷。咖啡壶沸腾时不再发出高贵的怒吼。填平枪眼的壁穴已经患了白内障。没有浸染鲜血的政治传单，变成了大甩卖的广告。袜子在鞋里不再散发出逃亡野兽般的湿漉漉的气味。星星已经不再是磁石。诗歌也不再是互相唱和的语言……既然这样的日子到来了，那么罗姆，革命已经结束了。

革命是白色、残酷而又纯洁的牙齿的时代，是青年们微笑或愤怒时一律露出整齐而洁白的牙齿的时代，是银白闪光的牙齿的时代。可是接着而来的是齿龈的时代，鲜红的齿龈不久就会发紫、腐烂……

罗姆 不要再说了，再听下去耳朵也要腐烂，心也要腐烂的啊！施特拉塞，您究竟要我干什么？

施特拉塞 我知道您在想着必须再来一次革命，其实，我也在考虑必须再来一次革命。我们两人还是不缺少互相交谈的话题的啊！

罗姆 不过，方法不同，目的不同。

施特拉塞 就像照镜子一样，您的右边就是我的左边，可是我的右边也是您的左边。看来，打碎镜子我们就能完全贴合在一起。

罗姆 这就是您要和我说的话吗？有意思，请坐在这儿吧。

施特拉塞 您终于原谅我了？（坐在左侧椅子上）

罗姆 我必须把话说在前头，对于您这个假共产党煽动工会、把向德意志尽忠和向苏维埃尽忠不加区别的做法，我过去从未赞成过，现在也绝不赞成，将来也绝不会赞成！在这前提之下，您有什么话就说吧。

施特拉塞　不要那么死板嘛，做了部长的人，就用不着像青年团那样说话。您说"在这前提之下"，我说"这是其他的事"，这完全是立场不同的问题嘛。

罗姆　怎么回事？

施特拉塞　您对老克虏伯怎么看？就是那个列那狐般的铁匠。他和希特勒如影随形……

罗姆　老实说，我也不喜欢那个老爷子。

施特拉塞　喜欢不喜欢不说了，那么克虏伯相信希特勒吗？

罗姆　是吧。

施特拉塞　我根本不这么看。那个老人是从埃森重工业地带来的，他来试探希特勒政权能否和埃森联姻，调查一下这个新女婿适不适合做终生的伴侣。我看还没有得出结论来。不过埃森这位"铁姑娘"非常漂亮，它以前的婚姻破裂了，就是在上次那场欧洲大战之中。所以第二次婚姻找了介绍人，不得不慎重又慎重。

罗姆 但是，克虏伯在去年希特勒获得政权后的最初选举中，正如沙赫特所说，一下子拿出了三百万马克的选举资金。

施特拉塞 这就是探路的开始，不过如今这探路仍在继续进行。在这次政治危机中，埃森重工业老板发出了警告。克虏伯究竟倒向哪边，他自己还没有决定。特别是这两三天……

罗姆 特别是这两三天……

施特拉塞 是的。国家社会主义党，托您的福，出现了空中瓦解的迹象。

罗姆 这么说是您在拖后腿。但是危机挺过去了，阿道夫一旦当上总统，就会升起一轮真正灿烂和煦的朝阳。

施特拉塞 您真是这么想吗？

罗姆 我相信阿道夫。他一旦当上总统，我们可爱的冲锋队的长久梦想就会得到实现。

施特拉塞 您真的这么想吗？

罗姆　　　（稍稍动摇）当然了。

施特拉塞　为此您付出了什么？

罗姆　　　让步，妥协，听从阿道夫的命令。我们冲锋队休假到七月末，这期间不穿制服，不游行，不演习，而且，我这个钢铁汉子要生病……这种假戏，我也能扮演。

施特拉塞　光凭这个就万事大吉了吗？

罗姆　　　至少可以抵挡一时，直到阿道夫当上总统。

施特拉塞　这种拙劣的表演能瞒过军官团吗？假如希特勒相信这一点，那么希特勒就是大傻瓜。假若您相信这一点，您就是不折不扣的疯子。

罗姆　　　什么意思呀？再说一遍。

施特拉塞　我是说，不是希特勒是傻瓜，就是您是疯子。但我不是说希特勒是傻瓜，而且您也是疯子。我的意思，懂了吗？

罗姆　　　卑鄙的家伙，您想离间我和希特勒的关系。

（二人沉默）

施特拉塞　不要再提希特勒了，谈谈您的冲锋队吧。

您一心想使自己花费心血培育起来的冲

锋队变成国防军的核心，这可以理解。

是这样吗？

罗姆　我没必要回答您。

施特拉塞　有一种办法可以做到，怎么样？

罗姆　（不由眼睛一亮）您是说……不，阿道夫

做了总统之后，立即就会……

施特拉塞　那只是口头约定。

罗姆　不许中伤阿道夫！

施特拉塞　退一步说，希特勒确实能做总统吗？

罗姆　能做。

施特拉塞　我是问"确实"。

罗姆　确实？

施特拉塞　这个，军官团很强硬啊，您只要不解散冲

锋队，希特勒就很难成为总统。妨碍希

特勒的不是别人，正是罗姆您。而您一

心把自己的梦想赌在要当总统的希特勒

身上，这不正是天真的小孩子干的事吗？

罗姆 （抑制住愤怒）您说的"一种办法"是什么？

施特拉塞 去找冯·施莱谢尔将军。

罗姆 那个老朽的军人？

施特拉塞 只有他才能使你我握手言欢，也只有他才能说服国防部长冯·勃洛姆堡给希特勒下最后通牒。

罗姆 您是说……

施特拉塞 是的，"拔掉希特勒"！不要忘记，军官团迫使希特勒发布戒严令的最后通牒，是送到希特勒手里的，不是送到您手里的。

罗姆 拔掉希特勒！嗯，一句话就可以看穿您的内心。您和军方勾结首先想把我和阿道夫分离开来，然后借助军方的力量分别收拾我们两个人。您能办得到吗？我们两个一心同德啊。

施特拉塞 不打破你们的一心同德就什么事也干不

成，关于这一点，希特勒不是比谁都清楚吗？既然那么一心同德，为什么整个夏天要含泪分开生活呢？

罗姆 这是一种临时采取的政治姿态，要说几次您才能明白？

施特拉塞 好了，我不想再说服您了。看过太阳的人的瞳孔不管再看什么，都会留存黄色的残像，您的眼里没有希特勒就看不见这个世界。

好吧……对了，我还有一句话，希望您能冷静地听一听。您赞成不赞成是另外一回事，我只想在您心里留下一点印象。

罗姆，很简单，这是您和我共同的革命计划。现在我们立即携起手，凭借您冲锋队的武力，把希特勒赶出国家社会主义党，您来做党首。由冯·施莱谢尔说服冯·勃洛姆堡，同脱离希特勒的您达成和解。普鲁士国防军害怕的实际上是您和希特勒的结盟。我把您的武力作为后

盾，一步步推行社会主义政策，拥立冯·
帕彭为临时总统，我任总理，您被任命
为国防军总司令。钱，不必担心，现在
我们在这里握手的一瞬间，就再也不用
担心钱的问题了。

罗姆 为什么？

施特拉塞 克虏伯会投奔这里来的。

（二人沉默）

罗姆 ……好，我懂了，您的意思我全明白了。
不过我也要明确告诉您，对这个要我背
叛阿道夫的计划，我丝毫没有动心。

施特拉塞 您能冷静地听我说下去，真是太谢谢了，
罗姆。不过话还没有完，刚才说的那个
计划，我从未奢望您会轻易接受，不过，
罗姆，要是现在你我不能合作赶走希特
勒，不能齐心协力、电光石火般地完成
这次革命，假如不能这样……也就是错
过这次良机的话，将会发生什么事情，
您想过没有？好，等等，希望您充分考

虑好之后再回答我。

罗姆 什么也不会发生，施特拉塞，世界还是那样。我和阿道夫是刎颈之交，而您是一个卑劣的骗子，克虏伯是个垂死的商人……人们照样各行其是，依旧听任地球的运行而放心地生活下去。

施特拉塞 真的是这样吗？究竟会发生什么事情，我还是劝您好好想想吧。

罗姆 什么事情也不会发生。

施特拉塞 真的吗？

罗姆 是的……您认为会出什么事呢？

施特拉塞 死。

罗姆 谁？

施特拉塞 我们两人。

（二人沉默）

罗姆 （突然大笑） 您真会胡思乱想，想到死，什么"我们两个都得死"，您干脆去占星好了。我大体上听您刚才所说的，只是发高烧时的谵言。您这个革命计划是拙劣的计划。您嘲笑我对军官团抱有幻想，其实您对他们更加抱有幻想。

施特拉塞 您说是拙劣的计划，这个我承认。不过这个时候不管多么拙劣的计划，总比什么都不做要好。我气急败坏地逃脱追逐，跳上了这匹被您鞭打而疾驰的快马，您要是阻挡住这匹马，我和您都要同归于尽。尽管如此，您还是照样去阻挡它，我已经不能再看下去了。我责备您太愚蠢，没有觉察到危险，因为我也想活命。现在只能将一切忘掉，两人共同跨在一个鞍子上快马加鞭了。只要一个劲儿翻过地平线上的山峦，就能迎来革命的曙光……请原谅我吧，罗姆。现在我把一切都赌在您的三百万冲锋队——您的这支革命的军队身上了。

罗姆 先押下赌注，然后为了背叛再加以利用。

施特拉塞 哦，不是那么回事。跨上您这匹革命军队的马，对您对我都是唯一的出路。希特勒很明确，他不会把赌注押在您身上。

罗姆 （不安地）这……

施特拉塞 希特勒押在了对手的身上，这个您没有看出来吗，罗姆？

罗姆 看出来又怎么样？要和叛徒携手吗？

施特拉塞 我可以让一步，您说我是叛徒也可以，但是事情紧急，眼下我们要团结一致，共同对付希特勒。

罗姆 出什么事了？要死吗？

施特拉塞 是的……是要死。

（罗姆放声大笑。施特拉塞沉默。在他的沉默压抑下，不久，罗姆的笑声猝然而止）

罗姆 究竟是什么样的死？是遭雷击而死，还是藏身于海底的尘世的大蛇现身了，虽然用锤子打碎了那不吉的头颅，却还是被它卷裹着，在吐出的毒涎里中毒身亡？或者像幸存于诸神的黄昏中的最后的战神提尔[1]那样，被地狱的恶犬咬死？

施特拉塞 那种死还是不错的。但是，罗姆，即使您是英雄，也不一定就有英雄的死。

罗姆 （快活地）那就是病死？

施特拉塞 您已经患病了，就像我刚才说的。您患的是过于信赖他人之病。

罗姆 是被杀死，还是被判刑？

施特拉塞 恐怕两方面都有。您有自信耐得住审讯吗？

罗姆 （嘲笑地）是谁会让您这样倒霉？胆小鬼，可怜虫，说说看！您怕说出他的名字吗？难道一提起他就会遭遇不幸的诅咒吗？

施特拉塞 阿道夫·希特勒。

（二人沉默）

罗姆 听着，在推选阿道夫当总统这件事上，您一直都在制造麻烦。

施特拉塞 能办到吗？要是能办到，德意志就有救了。

---

1 战神提尔（Tyr），北欧神话中巨人伊米尔之子。

昨天，我曾当面给希特勒这样说过。

罗姆 是吗？果然不出所料。您要是真这么干，我就照着和阿道夫约好的那样，要您的命！

施特拉塞 随时奉送。不过那得有两个条件。您要是想杀我，第一，那时候我必须还活着，第二，您也必须还活着。

罗姆 您是说，在这之前就会被杀掉，是吗？

施特拉塞 这是简单的数学。我和您携手，两个人都能得救，而且可以把革命进行到底。不和您携手，我迟早要么被希特勒杀掉，要么被您杀掉，二者必居其一。可能的话，宁可被您杀掉，因为今天和您谈着谈着，我渐渐有点儿喜欢您了。

罗姆 要是怎么都得死，那真是个十分不幸的人。不过，为什么和您携手，阿道夫就不能杀我们呢？阿道夫也有护卫队啊。

施特拉塞 您和我携起手来，冲锋队就不会被解除武装，护卫队在冲锋队面前不过是螳臂当车罢了。

罗姆　　　　军官团呢？

施特拉塞　　军官团绝不会参与暗杀，他们不愿意弄脏
　　　　　　　白手套……喏，罗姆，只要我们团结一心，
　　　　　　　希特勒就拿我们没办法了。

罗姆　　　　为什么？

施特拉塞　　我们有克虏伯，克虏伯会跟我们走。希特
　　　　　　　勒即使暂时垮台，他也不会，绝不会把
　　　　　　　埃森重工业基地转让给敌人。

罗姆　　　　嗯，那倒也是。不管怎么说，这些都和我
　　　　　　　没关系。

施特拉塞　　没有关系？

罗姆　　　　是这样，因为阿道夫不可能杀我。

施特拉塞　　（呆然地）罗姆，您呀……

罗姆　　　　您听着，神经衰弱的施特拉塞。你的头脑
　　　　　　　错乱了，净说一些不合乎道理的话。这
　　　　　　　些一概都来自恐怖心理。这种恐怖现在
　　　　　　　看来，不能说没有原因，或许是有很大
　　　　　　　的原因。但是，您不要把您的这种病传

染给别人。被杀还是不被杀，这是您的
事，和我有什么关系？假若杀手是阿道
夫，那也好，即使您被杀，我也不会被杀。
这一点，必须对您讲清楚。

施特拉塞 为什么？

罗姆 阿道夫是我的朋友。

施特拉塞 您真傻……

罗姆 是的，杀您的事，也许会有。一旦形成妨
害，阿道夫不来求我，我也要主动杀掉
您……但是，您说两人都要被杀，这不
是妄想就是威胁。您把我这个罗姆上尉
当成什么人了？您以为我会像小孩子一
样上当受骗、被您吓倒吗？我可是率领
千军万马的人啊！

而且这种妄想，就说明您的头脑已经疯了。
那些疯子有的说地球扁得像一张纸，有
的躲进警局，说无线电波要把自己杀死，
还有的吵嚷说月亮里住着人。您和他们
完全一样。现在赶快去医院吧，您已经

失去了根据实际条件、毫无偏见判断现实的资格。

施特拉塞 这个条件指的是什么？

罗姆 相信别人。

施特拉塞 什么？您说什么？

罗姆 就是对一个人的信任，友爱、同志爱、战友爱等，这些诸多高贵的男性神的特点。没有这些，现实就要崩溃，因而政治也要崩溃。阿道夫和我是扎根于现实基础之上的结合，关于这一点，恐怕不是你那卑贱的脑袋所能理解的。

我们所居住的地面是如此坚固，有森林，有溪谷，覆盖着岩石。但是，这绿色大地的底层，有高温的地热，地球的核心就是沸腾的灼热的岩浆。这岩浆正是一切力量和精神的源泉。正是这灼热而不定形的东西，使得种种形态固化成型，因而岩浆本身正是这些形态的内部火焰。人这一副洁白如雪花膏般的肉体，其内里也有一脉火焰，透过火焰才能显现美丽。施特拉塞，这岩浆可以撼动世界，给战士们以勇气，促使他们殊死战斗，令年轻人的心胸充满光荣的憧憬，从而在战场上化作热血沸腾、勇往直前的力量的源泉。阿道夫和我，不是以地面上物质的形状所结成的。作为形状的人，分离开来，就是一个个背叛的个体。我们是地底下不定形的东西，全部在融合的岩浆中结为一体。

您知道"阿道斯特鼠"的故事吗？

施特拉塞　哎呀哎呀，什么老鼠，我到您这儿是听您讲老鼠的故事的吗？

罗姆　不想听，那就算了。"阿道斯特鼠"是一只老鼠，绝不是两只老鼠。

施特拉塞　罗姆，您的话实在动听。不论您怎么讨厌我，我还是越来越喜欢您了。不过您这是孩子的想法。一群少年在森林里玩战争游戏，互相用口哨联络，有时当俘虏，有时战死。您就是这些爱好战争的孩子的想法。苟且从事政治的您，能用这种想法要求自己，真是不简单啊！

罗姆 我是军人，不是政治家。

施特拉塞 稀里糊涂，一味对上司效忠，是吗？

罗姆 什么叫稀里糊涂？一个人，有时也会动摇，但心不会变。可是，别的人我不知道，阿道夫可是我的朋友啊！

施特拉塞 您明白地说，阿道夫是您朋友不就得了。我说您呀，您真是个瞎子！

罗姆 什么意思？

施特拉塞 昨天我看到希特勒的眼神，哪怕是一所知的第三者，也会立即洞察希特勒的杀机。

罗姆 这是因为您用妄想的有色眼镜看问题。不错，阿道夫昨天也给我出了难题，不过我们也兴致勃勃回忆起了一些令人怀念的往事。今天早晨也一样，从来没有像今天这样高高兴兴一起吃过早餐。这是

一次简朴、富于阳刚气的、德意志战友
同志间所能品味的真正的早餐。您说阿
道夫的眼神吗？的确布着一些<u>血丝</u>，不
过那是因为政务繁忙，睡眠不足的缘故。

施特拉塞 您是个瞎子……我的眼睛能立即看穿一
个人的杀机，长期的政治生活使我学会
了这个本领……昨天的希特勒，眼里含
着从未有过的阴暗，您难道没看到吗，
罗姆？那眼神宛如波罗的海冬天粼粼泛
起的青黑的细浪。那是一双对人类一
切感情说"不"的眼神。那是杀人的眼
睛！……我并非把希特勒想象成一个十
恶不赦的坏蛋，只是他被一架必然的机
器紧紧束缚住而难以逃脱。正如希特勒
所希望的，不，即使他不希望，希特勒
也不能不当总统。机器的开关已经转到
这里，机器开动了，军官团开始将他绑
在机器上，齿轮旋转了，他被绑得越来
越紧。到了不能再紧的时候，希特勒自

己也就断气了。假若我是希特勒，不错，正如大家知道的，我是一个连一只虫子都不肯杀害的人，但是我也会像希特勒所想的一样，把罗姆和施特拉塞两个人杀掉，这是唯一的出路。

罗姆 您只是讲述了在您那胆小的心胸中所描绘的恐怖剧的情节。总之，两个人都会被杀死。赶走希特勒，两个人携起手来完成革命，就可以保住性命，夺取天下。是这个意思吧？那么，说说我的结论：我即使被杀，也不参与背叛希特勒的行动。这就是结论！……其他不用再说了。

施特拉塞 （沉默）好吧，罗姆，您的心情我很清楚……再听我说一句，这回我妥协吧，虽说难以忍受，可为了避免出现最坏的事态，只好这样……怎么样？停止"拔掉希特勒"，把希特勒迎进来。

罗姆 （笑出声）接纳一个要杀您的凶手做伙伴？您的头脑错乱到了何等地步！

施特拉塞　　好，您听着，我们携手，从两翼援助希特勒，我插手军队，分散军队的实力，您的冲锋队可以趁机完成革命，推戴希特勒为总统。但是，希特勒的权力始终都由你我分担，只把他当作崇高而无实力的国家最高象征。

罗姆　　　　就是一个机器人？

施特拉塞　　是的。如今，只要我们齐心协力，就能做到这一点。我搞政治，您搞军队，而希特勒享有名誉。这样，就无所不能了。您的友谊和忠诚，也能以完美的形式留在历史上了……为此，罗姆，结果还是为了希特勒，临时背负起叛乱的恶名，现在及早率领冲锋队行动起来吧。只是解除武装，万万不可啊！

罗姆　　　　这回您又劝我叛乱吗？施特拉塞一个跑江湖的行商，口袋里不断飞出一些意想不到的玩意。（冷冷地）您听清楚，过去我从未背叛过阿道夫的命令，今后也决不会背叛阿道夫的命令。要说理由嘛，第一，我是军人；第二，阿道夫对我发布命令之前，都会经我过目。这可以说是朋友的命令……您难道不认为这是一桩伟大的情分吗？……与其说这是服从，不如说是男人间的默契。

施特拉塞　（绝望地）无论如何您都不听我的话，是吗？不听我的话，您必将自取灭亡！

罗姆　够了，别再糊弄我了。我不想和肮脏的人握手，就是这样。

施特拉塞　不管发生什么事？

罗姆　不管发生什么事。

（二人沉默）

施特拉塞　知道了。既然您以为我在糊弄您，我也不想多说了。就这样吧，我们一旦分手，就是您死我也死。您可得想清楚了。您将被您的朋友希特勒杀掉，和我比起来，您多少要幸福一些。

罗姆　胡说，阿道夫会杀我吗？

施特拉塞　（旁白）多么愚蠢！……

罗姆　隐藏在病态头脑里的观念，彻底毁掉世上美好的人际关系，这种例子很多。但是，希特勒绝不会杀死罗姆，历史将证明这一点，如果说这就是人类的历史……施特拉塞，您病了。

施特拉塞　您也病了，罗姆。

罗姆　在这个夏天里，我们互相都慢慢休养吧。

施特拉塞　已经没有闲暇休养了。

罗姆　学一学那位一只脚早已迈进棺材，还要勉强活着的兴登堡吧。

施特拉塞　（无力地欲离去，又改变了主意。突然充满激情地回来，抱住罗姆的膝头）罗姆，求求您了，救救我吧，只有您才能救我……救我也就等于救了你自己的命。这一瞬间人生不会再有第二次，求求您，切莫放过呀！只有您，只有您能做到啊！

罗姆　（冷冷地甩开）想死就去死吧。被杀不被杀，是您的自由。要是愿意，我可以当场杀死您。

施特拉塞 啊，对了，请吧。当场把我杀了，倒也干净利索。死于您的愚昧无知总比死于可怕的阴谋诡计要好一些。反正不久我们就会在黄泉路上相见的。拔出您的手枪，射击吧！

罗姆 很遗憾，我还没有接到命令。

施特拉塞 命令？

罗姆 阿道夫·希特勒的命令。

施特拉塞 他发出"杀死您自己"的命令时，看您如何执行，那才有意思呢。

罗姆 胡说！当心我先折断您的牙齿，让您不能说话。

施特拉塞 希特勒要杀您，比太阳从东边升起还要确切无疑。

罗姆 您还说？

施特拉塞 我一直弄不明白，为什么您对他如此一味地抱着愚昧的信赖？

罗姆 我要走了，没有时间再和一个精神病患者

纠缠了。好吧，我就要去维塞消夏，在
那湖畔的宾馆里，没有一个像您这样可
怜的知识分子，有的只是那些性格开朗、
喜欢热闹、有着神一般金发碧眼的暴徒。
任何一个人都是像巴德尔 [1] 一样威风凛凛
的英俊的战士。他们的假日就要开始了。
我将忠实执行阿道夫的命令。（欲从左
首下）

施特拉塞　　等等。再给您一个忠告，因为喜欢您，我
才这么说的。您权当是过于为您着想的
忠告听一听吧。（罗姆毫无所动地欲下）
罗姆，为防万一，如果去维塞，只可带
参谋长护卫队去。我不说这是坏事，可
我是为您好啊！

罗姆　　　　（走到左首，回头看看，冷笑）冲锋队的
一兵一卒都是我的部下，调兵遣将怎能
听您的指挥？

1　巴德尔（Baldr），北欧神话中的光明之神。奥丁和爱神弗丽嘉的儿子。
　威武英俊，最后遭火神洛基暗算而死。

（罗姆戴上军帽，穿着长筒靴的脚跟"咔嚓"一声合并到一起，故作恭敬地敬礼，向右转而下）

（施特拉塞茫然跌落在椅子上。又重新踉跄地站起来，同样由左首下）

（舞台片刻空白，传来鸽子的叫声）

（希特勒戴着白手套自右首上，焦急地踱步，苦恼，走到阳台上沉思，似乎很难决断的样子。最后两手用力将阳台的门关上，决心已定。径直来到舞台一端，摆摆白手套，向观众席打招呼）

（从他那里可以想象，戈林将军自右首上，希姆莱护卫队长自左首上）

希特勒　（向右首）　戈林将军。（向左首）希姆莱护卫队长……我将要去旅行，关于那件事情，我会在旅行中下达极密指令。一接到指令，就要极为秘密地迅速而果断地执行！不能有一点犹豫、一点动摇，要做得彻底、干净！好吧，现在就去积极准备吧。

（希特勒向双方点头，命令两人下。

希特勒回到舞台中央，背对着观众伫立）

——幕落——

第三幕

　　一九三四年六月三十日夜半，即前一幕
数日后。场景同前。玻璃吊灯灿烂辉煌。

　　克虏伯像平时一样拄着拐杖，自左首出
现，坐在椅子上等着。

　　不久，希特勒一身戎装自右首出现。他
脸色苍白，十分憔悴，目光迟滞。

克虏伯　啊，回来啦？昨天夜里旅行才回来的吧？这
　　　　么着急召见我，甚感吃惊。

希特勒　让您久等了，克虏伯先生。在这个时候请您
　　　　来，真是过意不去啊。回来之后就遇上紧急
　　　　事态，必须穿这种衣服约束身子。

克虏伯　您的脸色很不好，阿道夫。一点没睡吧？

希特勒　一个人睡不着觉很难过，所以半夜三更把您
　　　　叫来。即使如此也很难让人原谅吧。

克虏伯　您这样信任我，很是感谢。也许是因为气候
　　　　潮湿，我膝关节疼痛，夜里睡不着，也正想

找人聊聊呢。

希特勒　这实在太好了。

　　　　（二人沉默）

克虏伯　终于下手了？

希特勒　嗯，这是不得已的做法。

克虏伯　是两个人吗？

希特勒　嗯，是两个人。

克虏伯　此外，冲锋队的骨干都被干掉了。从礼拜六到礼拜天，住在刑场——里希特菲尔德中央军校附近的居民，因为行刑不绝的枪声一夜都没有睡觉。据说有四百多人，是真的吗？

希特勒　（神经质地扳指计算，几次失败又重来）是的……三百八十人……到现在大体上就这么多。

克虏伯　这是摆下的一次盛宴，军官团想必十分高兴吧？不过，怎样才能使得大众接受呢？街上谣言四起啊。

希特勒　最近要在国会发表演说，被处刑的人数……（又病态地神经质地数指头）先公布为七八十名左右吧。

克虏伯 罗姆的罪状和施特拉塞的罪状，也要在演说里说明，以便使得听众信服。

希特勒 嗯，是的。罗姆的话，第一，他是个大贪污犯……

克虏伯 关于这个，肯定也还有一大批人不服气吧。

希特勒 第二，在处理人事上有很大偏差……

克虏伯 这不仅是罗姆，这是国家社会主义党的传家宝。

希特勒 第三，他品行不端，这方面极其可恶，十分反常……

克虏伯 照罗姆的说法，独角仙只能养活在蜜糖水里。

希特勒 最不可饶恕的是，罗姆企图发动叛乱。揭露这一点，人民肯定都会赞成我的处置。

克虏伯 奇怪的是，好多人都是在死后被揭露出有叛乱计划，这种危险的事情，要是在他活着的时候就揪住尾巴该多好。

希特勒 （激昂慷慨、声音很大）您这话究竟是什么意思？

克虏伯　阿道夫，您生气了。一个上了年纪的人不管说些什么，您都不该这样大喊大叫。

希特勒　我老老实实听您说吧。不论多么难以忍受的话，听一听总比您离我而去要好一些。

克虏伯　流血了。在这样的夜晚，不必向美酒和女人寻求慰藉，只需一心沉浸在血的回忆中就能及早得到治愈。凭我长年的人生经验，这必定无疑。阿道夫，您累了。看来，您有必要补充一些流进耳朵的血液，趁着这血液还未渗入地板，和嵌木的颜色混为一体前……很幸运，我无意中获得了比您更多的正确的情报。您的权力越大，就会离正确的情报越远。

希特勒　您说话越来越肆无忌惮了。

克虏伯　施特拉塞在柏林，于礼拜六正午被逮捕，还来不及吃午饭就被带走了，在阿尔布雷希特王子大街的监狱被处死，当然没有经过任何审判。没有情报提到施特拉塞遭绑架后是否吃过午饭，这只是我的一种切实感觉。空着肚子被杀，多么可怜啊！在这同样的时刻里，冯·施莱谢尔将军的别墅门铃被按响，将军走出大门，被当场打死，将军夫人也同时被杀。这可忙坏了您的护卫队了。向他们表示特别的敬意，去各处轮流做个别访问，组成了一个枪杀小队。毕竟客人的数量太多了。

希特勒 施特拉塞是怎么死的？您有赤色报纸那样的详细情报吗？

克虏伯 很遗憾，我没有。我只是想他是个老实人，他死得是否体面。他生来体弱，要是空着肚子，那就死得更像一棵干草了。他可是个有智慧的男人，像苏格拉底那样，给他喝毒药不是更好些吗？

希特勒 （激昂地）我要他碎尸万段！（站起身来作演说状）他是一个阴险的伪善者，装出一副工人阶级朋友的样子，勾结军官团的老家伙，企图颠覆我的政权。他是一个犹太国际主义者，是新生的德意志狮子身上的蛀虫、卑劣

的阴谋家。其本质，不过是一个终身信奉学
生报社论思想的、半生不熟的知识分子。我
经过进一步调查，也许会挖出他和莫斯科勾
结的证据来。

克虏伯　那真是无法无天啊！他一直到死，都没有
认识到革命已经完结这一现实。那么，罗
姆呢？……

希特勒　哦，听说那个人死的时候惊慌失措。不过，
他始终没有说我一句坏话，只是一个劲儿叫
喊："这是戈林的阴谋！"

克虏伯　完全是个健康的男子。他在维塞宾馆温暖的
床铺上被叫起来，和海内斯等人一起被带到
慕尼黑。从前，他在十多年前的慕尼黑暴动
之后蹲过牢，现在又在同一座施塔德尔海姆
监狱被枪杀。对于他，只适合枪杀……他真
的很惊慌吗？

希特勒　听说是的，真遗憾。

克虏伯　这也难怪，令他难以置信的事情到底发
生了。

希特勒　您的意思似乎在说他是被冤枉的。(激昂地)
罗姆他有罪！有罪！叛逆的证据很齐全。他
在一切方面都有罪！克虏伯先生，您不能无
视他的罪愆！不错，他对我有友情，他不知
道这本身就是罪过。此外，我也寄望于他的
友情，他不知道这更加重了他的罪过……他
一直梦想着过去，把自己比作神话里的人物。
他喜欢摆弄军队，胜过一日三餐；他喜欢盖
着千疮百孔的军毯，睡在满天繁星之下。他
身居高位，总是诱我入他梦乡。这，就是罪
过！他骄傲自大，目空一切，以为只有他自
己才是英雄好汉。这，就是罪过……他只知
道向别人发号施令。他那即使被称作忠诚的
感情，也总是多少含有命令的焦煳味。这，
就是罪过！

克虏伯　是啊，今晚在这柏林温湿的夏季的夜空下，
——数落他的罪状，没有比这更合乎时宜的
追悼了。

希特勒　别看这个罗姆，他也说过一句深中肯綮的

话，这是他的口头禅。他常说："恩斯特是军人，阿道夫是艺术家。"每次，我都很生气。不过，现在看来，这个多少带有几分怜悯的"艺术家"的称呼，具有他那单纯的头脑所无法想象的广阔意境。他只会做梦，没有想象力。因而他不会想到自己会被杀，对待别人也不会过于残酷。说起他的耳朵，只懂得军乐队的吹奏乐，而我最应该听瓦格纳。他没有抓住一种美，而这种美正是在地面上构筑美所必不可少的，也就是说，他没有努力感知自己所考虑的美的根据。有一次您曾问我："您是否感到自己本身是一股暴风？"这就是说要知道为何自己是暴风，就是要知道自己为何如此愤怒，为何如此黑暗，为何如此含有风雨般的勇猛，为何如此伟大。光是这样还不够，还要知道自己为何以破坏为能事，为何推倒朽木的同时，使小麦田变得丰饶，为何在犹太人霓虹灯中闪现的年轻人瘦削的面庞，能在电光里神一般地得到复苏，为何使得全体德国人充分地品味悲剧的感情。所有这些，都是我的命运。

克虏伯　这股暴风到来了吗？夜空阴阴沉沉，没有星星。（走向阳台）云朵死尸般地重叠在一起。夜气给我的膝盖带来毒害，这座房间里散发着令人窒息的血腥味。（从阳台上）阿道夫，屠杀还在继续吧？

希特勒　应该还在继续。

克虏伯　从这里听不到。里希特菲尔德中央军校在哪个方向？

希特勒　（站起，从阳台上指着左边方向）那里。（说罢，毫无兴致地回到原地）现在使用的尽是小家伙。

克虏伯　全都是我们公司制造的步枪。用这种全世界性能最好的步枪射击，被打死的人要快乐得多吧。还有，从步枪方面说，隔了很久又能尽情饱享活人的生命，就像长假里嫖娼的士兵，可以枕着橡木枪托尽情睡觉了。能睡的人值得羡慕啊！

希特勒 （独语）恩斯特是军人，阿道夫是艺术家，对吗？……可以改一下了：恩斯特曾经是军人，阿道夫即将成为艺术家。

克虏伯 （从阳台上）说什么呢，阿道夫？

希特勒 不，没什么。

克虏伯 请再到这里来一次。

希特勒 罗姆终于死了，这回是您给我下命令吗？

克虏伯 （感到希特勒话里有话，不由一惊，拐杖掉在地上）啊！

希特勒 （依然没有离开座位）怎么了？

克虏伯 您都看到了，拐杖掉在地上了。

希特勒 您是让我给您拾起来吗？

克虏伯 我本来不想叫您拾……（一副极不情愿的卑屈的样子）我自己想拾，可是深深一弯腰，膝盖就会疼得简直要跳起来。

希特勒 （没有离开座位）我这就过去。

　　　　（克虏伯的手支撑在阳台入口处，站在那里等待）

希特勒 （团着背，阴郁地唱着）

死要一起死，

战要一起战。

拿起冲锋枪，

共同上前线。

红色罂粟花，

盛开在胸前。

（低声地残忍而阴险地窃笑）

克虏伯　（悲鸣地）阿道夫！

希特勒　（觉醒般轻松地站起来）哎呀哎呀，太失礼了。（从地上拾起拐杖，故意恭敬地捧着）很痛吗，克虏伯先生？

克虏伯　不，谢谢，谢谢。已经好了。

希特勒　（亲切地挽扶着对方的臂膀）可得小心啊！……刚才，您是在叫我吗？我正在考虑问题呢。有什么事吗？

克虏伯　那个……那个，哎呀，是什么呢？

希特勒　回头再想想吧。啊，这里对身体不好，快回屋里去吧。

克虏伯　（将要回屋）哦，想起来了，阿道夫。到阳台上来，站在这里听一听。

希特勒　听什么？

克虏伯　枪声。

希特勒　这里听得清楚吗？……

克虏伯　（热烈地）是吧？您也想听听是吧？这是执行您命令的枪杀，应该送到您的耳朵里。希望您能平心静气，仔细听一听来自中央军校无情的高墙里传来的大屠杀的枪声。

希特勒　您这样硬是叫我过去，可是，第一，我不知何时会遭遇伏击，所以深夜里不喜欢到那样的地方去……（勉强地走向阳台）能听到的只是遥远的有轨电车车轮的响声，汽车断断续续的喇叭声，在没有一颗星星的天空下，菩提树下大街布满了街树浓重的影子。

克虏伯　不会听不到的，这是执行您命令的枪声。

希特勒　克虏伯先生，您说得也有道理。震动着这血腥夜晚的发电机的声音，不会不传到我的耳朵里。

克虏伯　是的，阿道夫。听听这声音，沉溺于这声音之中，鼓舞着血的想象，由此而苏醒，由此而得到治愈吧。此外，没有别的办法回到自我了。只有这个，才是治疗您失眠症的良药啊！

希特勒　（眼睛一亮）可不是嘛，克虏伯先生。这么说，我似乎微微听到了。一齐射击！……不过，还有一两声枪响晚了。因为时间仓促，不得不临时组织一些技术不熟练的枪杀小队。

克虏伯　听到了吗，阿道夫？那枪声穿透了冲锋队下级军官军服下的胸膛。

希特勒　当然听到了。太浪费了。可以并排开枪嘛，为何一个一个地那么仔细？当然听到了……又是一齐射击……准备射击！开枪！……开枪！开枪！

现在看清楚了。蒙着眼睛的脸孔迅速仰过去，弓下腰……口里喷出的鲜血，染红了男人们仰起来的下巴。接着，仿佛是被一枪击中的鸟儿一般，脑袋耷拉在胸前，死了……请看，那些家伙都穿着冲锋队的制服。也就是说，他们违背了我禁止穿制服的命令，企图叛乱。光凭这一点，这个罪名就能成立。罗姆精心装备起来的四百多套制服，前胸都绽开了鲜红的洞穴，一个个像人头靶子跌落进脚下的土坑……

开枪！开枪！开枪！那些只要看到罗姆就雄赳赳、气昂昂，行走如疾风的年轻无赖汉，他们全凭一身肌肉的青春到此结束了……一下子全完啦！他们的军事游戏，口头上的侠肝义胆，每逢升旗日旁若无人的游行，小吃店里的放声高歌，陈旧的散兵游勇般的装扮，乡愁，感伤的战友之爱，都没有了。这下子都完蛋啦！他们梦想的革命也完啦！……护卫队的枪弹粉碎了他们天真的革命理想，使他们装饰着金丝带的胸膛变得千疮百孔……到此，任何革命游戏全都见鬼去吧！

克虏伯 任何革命游戏……不会再有人梦想革命了。革命的根彻底斩断了。现在，军官团一致支

持您。只有您才能堂而皇之地获得总统的资
格。不这样不行。

希特勒 （伴随克虏伯回到室内，劝克虏伯坐在椅
子上）那枪声，克虏伯先生，是德国人杀死
德国人的最后的枪声……这样一来，万事齐
备了。

克虏伯 （在椅子上慢慢坐下来）是啊。如今，我们
可以放心地把一切都托付给您了。阿道夫，
干得好！您砍掉了左臂，又反转身砍掉了
右臂。

希特勒 （走到舞台中央）是的，政治就是要走中间
道路。

——幕落——

一九六八年十月十三日

自作解題 （三篇）

作品的背景——《长刀之夜》[1]

经常有人问道，今天再写希特勒还有什么意义。说真的，要认真写一写希特勒，一本两本小说都容纳不了。希特勒的问题，一头连接着二十世纪文明的本质，一头连接着人性黑暗的深渊。

我在这出三幕戏剧里想写的是一九三四年发生的罗姆事件，比起希特勒，我对罗姆事件更感兴趣。作为政治法则，为了确立极权主义体制，有时必须临时使用"中间路线政治"的幻影蒙混一下国民的眼睛。为此，对于一九三四年夏天的希特勒来说，他必须极

1　原作名为《我的朋友希特勒》，因"技术原因"改名。——编注

力割舍极右和极左。不如此,"中间路线政治"的幻影就没有说服力。

这种法则不论东方西方,一概如此。在日本,从镇压左翼到二二六事件[1]结案,几乎花了十年时间,这充分反映了缺乏计划性的国情。这种事情,希特勒一个晚上就完成了。这里有希特勒货真价实的可怕的理智,有他的政治天才。据猪木正道先生说,斯大林对罗姆事件感受极深,将此作为肃清自己周围人的榜样。

《长刀之夜》只写一夜之间的事。较之历史,我把罗姆上尉处理成比他本人更加愚直、更加纯粹的永久革命论者。阅读这个悲剧,可以挂及西乡隆盛和大久保利通的关系[2]。

1　1936 年 2 月 26 日,日本陆军的"皇道派"青年将校提出打倒政府及军方高级成员中的"统制派",以此改革国家。他们率领军队袭击首相官邸,杀死政要多人。翌日日本实行戒严令,29 日"皇道派"的政变终于不流血镇压而平息。

2　西乡和大久保都是日本幕末萨摩藩武士,维新政治家,共同发动倒幕运动,成为新政府的领袖。在"征韩论"中,西乡和大久保反目,西乡下野,回家乡鹿儿岛发动反政府的"西南战争",兵败自刃而死。大久保亦为岛田一郎所杀。

写《萨德侯爵夫人》时，我就产生了再写一部与之相对的作品的念头。《萨德侯爵夫人》一剧上场人物全是女人，以法国洛可可一副十足的道具、十八世纪的怪物萨德为中心；《长刀之夜》上场人物全是男人，以德国洛可可一副十足的道具、二十世纪的怪物希特勒为中心。两作很相似，分别以法兰西革命和纳粹革命为背景。既然相似，更要起到相互映衬的作用。

拉辛的《布里塔尼居斯》，一部以血洗血的政治剧，运用优雅的亚历山大体[1]表现出来，这也是我的戏剧理想，所以在《长刀之夜》中，四个男人嘴里说的都是诗一般的语言。但因为只有男人，不能做到十八世纪贵妇人那样的优雅，这是不得已的事。抱歉之余，只好用男性的美取代这种优雅，不过这已经属于演员的范畴了。

比起戏剧细琐的舞台装置，我越来越喜爱能乐单纯简素的结构。我写作时有意避开所谓舞台技巧，我

---

1 西方诗的一种韵律，即每行诗有十二音节。古代英国戏剧和巴洛克时代的德语文学以及近现代法国诗歌多运用此种形式。

认为只要写出一种紧迫感来就是成功。不过这一点做得如何，作者本人并不清楚。

《东京新闻》·昭和四十三年（1968）十二月二十七日

《长刀之夜》备忘录

我写《萨德侯爵夫人》的时候，就打算再写一出与此相对的戏。我之所以这样做，只是出于喜爱四六骈俪体对称的兴趣，没有什么深奥的道理。过去在短篇小说领域里，我写过两种 narcissist[1] 的故事：《名媛》和《显贵》。《萨德侯爵夫人》的装置是法国洛可可标准的大道具形式，《长刀之夜》则是德国洛可可同样标准的大道具形式。两作均为三幕，上场人物，前者六个都是女人，后者四个都是男人。中心人物萨德和

1　英语："自恋者""自我陶醉者"。

希特勒，分别是代表十八世纪和二十世纪的怪物。

《长刀之夜》，是我在读艾伦·布洛克[1]《阿道夫·希特勒》一书的过程中，对一九三四年罗姆事件甚感兴趣，便以此书为材料而创作的戏剧。在肃清工作之前，希特勒分别会见了罗姆和施特拉塞，但戏中写到他们在总理官邸见面，并大声谈论颠覆政权的事，历史上是没有的。虽说没有，但我总觉得在当时他们二人有过密会。还有，为了强调希特勒和罗姆的友谊，我虚构了"阿道斯特"鼠的故事。然而，在肃清之后，希特勒患失眠症、身心劳瘁似乎是事实，说明当时的希特勒心中仍然活着一个"人性未泯"的希特勒。

一般看来，为了确立国家总动员体制，必须斩断极左和极右，这似乎是政治的铁则。而且临时装作中道政治以安民心，一气将他们送上传送带。自镇压左翼到昭和十一年的二二六事件的审判，诸事漫无计划、一切听其自然的日本，斩断极左极右几乎花费了十年。

1　艾伦·布洛克（1914—2004），英国历史学家，其人物传记《希特勒：一项暴政研究》（中译名为《大独裁者希特勒》），是史学界研究希特勒的权威之作。

这件事希特勒一夜就完成了。且不论是非善恶，总之证明了希特勒的政治天才。

罗姆使我最为感情投入，我用日本的心情主义涂抹他的性格。从罗姆身上，我感到具有感伤性的德国人和日本人有着某种共同点。艾伦·布洛克对罗姆直到死都不怀疑希特勒这种善人的品行很不理解。

施特拉塞实际是个善于饮酒的豪爽的男子汉，为了和罗姆对照，又考虑现代日本观众很少有人知道他，我便决定改变他的性格。

克虏伯以手里的拐杖象征埃森重工业地带的垄断资本家，因此到第三幕拐杖落地也含有一种象征意味。第一幕很明显，克虏伯是木偶师，希特勒是木偶。第三幕则相反，希特勒是木偶师，克虏伯是木偶。而且直到闭幕，克虏伯对这种转化始终浑然不觉。

我在写作现代戏时，想运用亚历山大体的风格表现这类政治悲剧。光有男人没有色感，四个男人分别于重要场面朗诵着长长的咏叹调。且不管这长长的道白究竟意味着什么，作者期待各位演员能在这些地方使观众感到沉醉。

很多人问我："你很喜欢希特勒吗？"因为写了希特勒就喜欢希特勒，没有这样的道理。老实说，我虽然对希特勒这个人物抱有一种恐怖的兴趣，但若要问到底是喜欢还是厌恶，我只能回答厌恶。希特勒是政治天才，但不是英雄，因为他根本缺少作为英雄所必备的爽快和明朗。希特勒像二十世纪本身一样黑暗。

剧团浪漫剧场演出说明书·昭和四十四年（1969）一月

一对作品——《萨德侯爵夫人》和《长刀之夜》

日本人爱讲一种怪话："某某是个不会写男人的作家"或者"某某是个不会写女人的作家"。事实上，前一种作家作品里的男人近似木偶（不便举例），后一种作家作品里每出现女人，读者就感到厌烦（此亦不便举例）。一向不服输的我于是下了决心："好吧，我就是要做个男女都能写的作家，而且都要达到百分之百以上。"极端女性化的作品可以只用女人入戏，极端男性化的作品可以专叫男人登场。嘴上说得简单，作为写戏的方法这是最难的一种方法。然而，这种困难却使我迷醉。

于是，首先写了《萨德侯爵夫人》（1965），见其成功后又写了《长刀之夜》（1968），同样受到了社会的热烈欢迎。原本对于后者的成功与否，尤其担心。上场人物只有男人，就很难抓住女性观众，这在演出界是一大危惧，但还是运用奇策通过了这一关。于是树立了一对理想的男女雕像来。作为雕刻家，感到无上的喜悦。

然而，目光炯锐的观众，一定能洞察出堪称女性极致的《萨德侯爵夫人》深处，隐含着戏剧逻辑中的男性的严谨，也一定能看穿堪称男性精髓的《长刀之夜》背后，潜藏着甘甜的情念。看来，戏剧依然只能遵照阴阳之理、男女两性的原理进行运作。

《萨德侯爵夫人》中女人的优雅、倦怠、性的现实性以及贞节，《长刀之夜》里男性的刚毅、热情、性的观念性以及友情，两两互相照应。而且都被无意识推向巴塔耶[1]所说的"爱欲的不可能性"，无意识的挣扎，面对挫折和败北。当他们不能再稍微向前跨进一步，触及人类最深的奥秘和至上的神殿的大门时，萨德侯爵夫人自动拒绝悲剧，罗姆埋没于悲剧之死里。这就是人类的宿命。

我考虑戏剧的本质就在这里。

剧团浪漫剧场演出说明书·昭和四十四年（1969）五月

---

1 乔治·巴塔耶（1897—1962），法国思想家，著有《天空之蓝》《被诅咒的部分》《色情》等。

人这一副洁白如雪花膏般的肉体,

其内里也有一脉火焰,

透过火焰才能显现美丽。

一頁 folio

始于一页，抵达世界
Humanities · History · Literature · Arts

出品人　范新

出版统筹　恰恰

特约编辑　徐露　任建辉

营销编辑　张延

版权总监　吴攀君

印制总监　刘玲玲

装帧设计　COMPUS · 汐和

内文制作　陆靓

Folio (Beijing) Culture & Media Co., Ltd.
Bldg. 16-B, Jingyuan Art Center,
Chaoyang, Beijing, China 100124

一頁 folio
微信公众号

官方微博：@ 一頁 folio　|　官方豆瓣：一頁　|　媒体联络：zy@foliobook.com.cn

图书在版编目（CIP）数据

长刀之夜 / （日）三岛由纪夫著；陈德文译 . 一沈
阳：辽宁人民出版社；桂林：广西师范大学出版社，
2021.3（2023.6 重印）
　ISBN 978-7-205-10075-9

　Ⅰ.①长…　Ⅱ.①三…　②陈…　Ⅲ.①话剧剧本—日
本—现代　Ⅳ.① I313.35

中国版本图书馆 CIP 数据核字（2020）第 263234 号

出版发行：辽宁人民出版社
　　　　　地址：沈阳市和平区十一纬路 25 号　邮编：110003
　　　　　电话：024-23284321（邮　购）　024-23284324（发行部）
　　　　　传真：024-23284191（发行部）　024-23284304（办公室）
　　　　　http://www.lnpph.com.cn
印　　刷：北京华联印刷有限公司
幅面尺寸：105mm×148mm
印　　张：2
字　　数：55 千字
出版时间：2021 年 3 月第 1 版
印刷时间：2023 年 6 月第 4 次印刷
责任编辑：盖新亮
特约编辑：徐　露　任建辉
装帧设计：COMPUS · 汐和
责任校对：刘再升
书　　号：ISBN 978-7-205-10075-9

定　　价：26.00 元

MY FRIEND
HITLER

Yukio Mishima

Michael Amerstorfer

NACHTRUHE

Edition Michael Melville

Copyright © Michael Amerstorfer 2009
Herstellung und Verlag: Books on Demand
D-22848 Norderstedt

ISBN 978-38370-3741-8

edition michael melville
michael.melville@hotmail.co.uk

Sonntag, 26. Oktober 2003

Royle stand schwankend auf, winkte der lautstark gegen seinen Abschied protestierenden Gruppe zu und erreichte mit ein paar Schritten den Zaun der Westgate Gardens. Er umfasste zwei Zaunspitzen und kletterte vorsichtig um das gezackte Zaunende, das in den Fluss ragte, herum. Der Stour führte Hochwasser und floss schneller als üblich. Er sprang auf den nass im Mondschein glänzenden Randstein des Ufers, blickte zur Gruppe zurück, mit der er unter der Rheims-Way-Brücke gefeiert hatte, und knöpfte seinen dünnen Mantel zu. Seine Kollegen, die um ein Feuer herumsaßen und eine Flasche Wein im Kreis gehen ließen, schienen ihn bereits vergessen zu haben.

Es war die erste klare Nacht nach drei Tagen beinah ununterbrochenen Regens. Es hatte wieder abgekühlt, heute Nacht wollte Royle ein richtiges Dach über dem Kopf haben. Er fühlte sich großartig, und er scherte sich keinen Deut darum, ob das in Zusammenhang mit dem Quantum Wein stand, das er im Lauf des Abends getrunken hatte. Heut Nacht fühl ich Glück in mir, sagte er sich, als er flussabwärts in Richtung der Westgate Towers spazierte.

Er hob seinen Kopf, blickte zum Nachthimmel, zu seinen bevorzugten Konstellationen, dem Kleinen Wagen, dem Krebs, seinem Sternzeichen, der Milchstraße hinauf, und spürte, dass er nun bereit war, ihnen zu vergeben. Für die Geburtstagsbe-

5

scherung an dem Tag, als er volljährig geworden war. Sein Fundament des Selbstvertrauens und der Identität war an diesem 18. Geburtstag von wohlmeinenden Leuten mit den besten Absichten, seinen Eltern, zerstört worden. Für das Geburtstagsgeschenk, das sein bis dahin behütetes Leben schlagartig verändert und eine lebenslange Krise in ihm ausgelöst hatte, so dass ihm jedes persönliche und berufliche Vorhaben früher oder später wie Sand zwischen den Fingern zerronnen war. Nun war er mehr als doppelt so alt, und heute konnte er ihnen vergeben.

Die glitzernde Oberfläche des Stour tanzte, wirbelte, kräuselte sich in einem abstrakten Schwarzweißfilm, mit dem Mond als Beleuchter. Flusswasser war seltsam, es drehte sich, in Ellipsen, in horizontalen und vertikalen Kreisen und floss sogar flussaufwärts, besonders in Ufernähe, wie Royle von seinen Naturbeobachtungen wusste. Plötzlich hörte er ein, zwei schnelle Schritte auf dem Asphalt der Uferpromenade, und bevor er sich noch umblicken konnte, spürte er einen scharfen Stoß an seiner rechten Schulter, der ihn aus dem Gleichgewicht warf.

Royle versuchte, seinen Sturz am Boden abzufangen: seine Hände fassten ins Leere. Sofort schloss sich das schwarze Wasser wie ein Eispanzer um ihn, er kämpfte hart um Luft, als er auftauchte. Obwohl er steinigen Boden unter seinen Füßen spürte, konnte er sich nicht aufrecht halten, die Strömung riss ihn vorwärts - wenn er das Ufer erreichen wollte,

musste er schwimmen. Die dunkle Gestalt, die sich auf der Uferpromenade mit ihm auf gleicher Höhe bewegte und nun sogar vorauseilte, konnte sein Angreifer sein, musste aber nicht. Der Mann hielt abrupt an, kauerte sich an den Randstein und streckte seine Hand aus, eine hilfreiche Geste. Royle kannte sein Gesicht vom Sehen und griff nach der ausgestreckten Hand. Als er nach dem Randstein tastete, hieb ihm der Mann auf den Kopf und drückte ihn unter Wasser. Betäubt fasste Royle auf dem Flussbett Fuß und drehte sich seitlich zur Strömung, um dem Wasser weniger Widerstand zu bieten. Langsam gelang es ihm, seinen Kopf aus dem Wasser zu stemmen und nach Luft zu schnappen. Er umfasste die Hand auf seinem Kopf beim Gelenk und zog schnell seine Beine hoch, um sich mit aller Kraft von der Ufermauer abzustoßen. Zurückschnellend riss er seinen Angreifer aus dem Gleichgewicht. Eine Sekunde später spürte er den Aufprall des fremden Körpers neben sich, die resultierende Welle warf ihn herum und schuf einen Abstand.
Aber nur für einen Augenblick, denn sein Verfolger gab noch nicht auf. Zugleich mit dem Flusswasser spuckte er einen grässlichen Fluch aus. Beide wurden schnell abgetrieben. Royle beschloss, im Fluss zu bleiben und sich auf die Uferstiege zu konzentrieren, die sich knapp vor der Brücke beim Westgate befand. Beide Männer schwammen nun, Royle schlug im wilden Freistil um sich, auch um wieder Körperwärme zu gewinnen. Er wusste, dass ihn die

Kälte töten würde, gelang es ihm nicht rasch, aus dem Wasser zu kommen. Sowie die Zwillingstürme des Westgates vor ihm aus dem Dunkel auftauchten, hielt er sich ans linke Ufer. Kurz vor der Uferstiege, an der ein Gummireifen als Puffer für die Sommerkähne hing, spürte Royle, wie sich die Hand seines Verfolgers um seinen rechten Knöchel schloss. In plötzlicher Panik schwamm er weiter und versuchte, die Klaue abzustreifen, wegzustoßen. Er dachte, sein Widersacher würde ihm nicht weiter unter die Brücke folgen. Das Hochwasser reichte fast bis zum Brückenbogen. Er holte Luft und tauchte unter. Seine einzige Chance bestand nun darin, sich loszureißen, um an der anderen Seite der Brücke aufzutauchen.

Royle spürte, wie sich sein Gegner mit der Strömung abtreiben ließ, bevor er abrupt anhielt. Er musste mit einer Hand am Brückenbogen Halt gefunden haben, mit der anderen hielt er noch immer Royles Knöchel umklammert. Als Royle in völliger Schwärze halb erstickt auftauchte, schlug sein Hinterkopf gegen das Brückengewölbe. Es gelang ihm bloß, etwas faul riechende Luft zu schnappen. Zuwenig Luft und zuviel eisiges Wasser schluckend, verschluckte er sich und seine Lungen explodierten in einem Hustenanfall. Er schaffte es, sein Bein zu befreien, bevor er das Bewusstsein verlor.

Dienstag, 18. November

Babygeschrei, das durch den Fußboden vom Parterre zu ihm heraufdrang, irritierte John Tancredi, Privatdetektiv in der Stour Street in Canterbury, nur kurz. Als er das Schnarren der Türglocke von unten hörte, beugte er sich zum Fenster und sah, wie eine junge Frau, einen Kinderwagen vor sich her schiebend, das Limelight verließ, den Friseursalon, über dem sich sein Büro befand. Zwei Fenster gab es in seinem Office, eines ging auf die Stour Street, das andere auf die links von ihr abzweigende St. Edmunds Road, eine Sackgasse.

Um in sein Büro im ersten Stock des zweistöckigen Hauses zu gelangen, musste er, wie seine spärlichen Klienten, durch den Salon gehen. Die Miete war aber erschwinglich, und außerdem bekam er alle sechs Wochen einen Gratis-Haarschnitt von Nikkie, der einzigen der drei Friseusen, die sich auf den Haarschnitt von Gentlemen verstand.

Tancredis letzter Auftrag lag nun schon vier Tage zurück. Er war für den erkrankten Security-Mann von Rainhams, einem Hypermarkt im Nordosten der Stadt, für zwei Tage eingesprungen. Der Personalboss hatte von ihm verlangt, die sandfarbene Security-Uniform zu tragen und dass er innerhalb eines Tages mindestens zwei Ladendiebe festnehmen und zur Anzeige bringen müsse. Tancredi hatte die Uniform mit dem Hinweis zurückgewiesen, dass sie seine Effizienz beeinträchtige, konnte aber die nun gestiegenen Erwartungen in Bezug auf Festnahmen überhaupt nicht erfüllen. Es gelang ihm *nur*, drei handgreifliche Auseinandersetzungen zwischen Kunden zu schlichten und einen betrunkenen Randalierer mit psychologischer Einfühlung zum Verlassen des Gebäudes zu bewegen. Vom vielen Herumgehen mit einem halbvollen Einkaufswagen müde geworden, begann er Lebensmittel und ihre Preise zu studieren.

Dabei fiel ihm auf, dass keine der Waren Preisschildchen trugen; ihre Namen und Preise waren nur auf mobilen Etiketten auf den Kanten der Regale zu finden, die oft verschoben waren, so dass man bei flüchtigem Hinsehen ein falsches Bild von den Preisen bekam. Wenn dieses Verwirrspiel einer der Eckpfeiler von Rainhams Geschäftserfolg war, dann war es ein Pfeiler in Zahnstocher-Größe, dachte Tancredi.

Eine Pensionistin bat ihn, ein Glas Gurken vom obersten Regal, das sie nicht erreichen konnte, herunterzunehmen. Als er ihrem Wunsch nachkam, sah er aus dem Augenwinkel, wie sie eine Packung Schinkenscheiben flink in ihre Handtasche gleiten ließ. Er beließ es bei einer Ermahnung, und die Frau reichte ihm rotbackig den Schinken.

Während das Radio im Hintergrund lief, bedachte Tancredi seine Auftragslage, die mehr als bescheiden war; aber er saß in seinem Büro, er wartete auf Aufträge, also arbeitete er. Bis jetzt hatte er sich die Büromiete und die Betriebskosten – nichts ist billig

10

in Canterbury – gerade leisten können. Seine Ersparnisse, die aus seiner Zeit bei der Kent Police stammten, waren aufgebraucht. Die Einnahmen aus seiner Arbeit, die aus einer Reihe der buntscheckigsten Aufträge bestand, mussten ihn ernähren, ein Job, den er auf seltenen Parties, die seine Nachbarn zumeist zum Jahresbeginn gaben, mit *Auskunftsbereitstellung* bezeichnete. Es gab bereits eine Detektivagentur in Canterbury namens Jones Investigations, die sich in Werbeanzeigen brüstete, dass ihr kein Job zu groß oder zu klein sei. Diese Firma, seine Hauptkonkurrenz, war so gut eingeführt, dass Tancredi in seinem ersten Inserat in der Kentish Gazette leichtsinnig erwähnt hatte, sein Honorar nur bei Erfolg einzufordern.

Das Telefon auf dem hellgrauen Aktenschrank neben dem Schreibtisch läutete. Er ließ es fünf Mal schellen, bis er sich zugleich mit dem Anrufbeantworter meldete. Was sich für die Anrufer wie ein Missgeschick anhören musste, war ein zeitlich genau abgestimmtes Ritual, das ihm erlaubte, die erste halbe Minute jedes Anrufs auf Band aufzunehmen.

„Agentur Tancredi, Guten Morgen", meldete er sich und entschuldigte sich für die zweifache Meldung.

„Guten Morgen", sagte eine zwar angenehm klingende, aber doch spröde Frauenstimme.

„Ich muss Sie sprechen. Können wir einen Termin vereinbaren?"

„Kein Problem. Zuerst einmal brauche ich Ihren Namen und Ihre Adresse."

Eine Pause entstand. „Mrs. Hudson, Jane Hudson. 68, St. George's Parade."

Das Tonband stoppte und Tancredi griff nach seinem Kugelschreiber. „Canterbury?"

„Natürlich."

„Das ist die Verlängerung der High Street. Muss eines der großen Kaufhäuser sein. A & D, Burton oder Bangels. Sie wohnen doch nicht dort?"

„Stimmt. Das ist meine Arbeitsadresse, ich arbeite bei Bangels."

„Ich brauche auch Ihre Wohnadresse."

„14B, Whitehall Road, Canterbury."

„Und bitte Ihren Mädchennamen."

„Wozu brauchen Sie den?"

„Ich muss schließlich wissen, für wen ich meine Gesundheit aufs Spiel setze."

„Tyler, Jane Sue Tyler."

„Wo brennt der Hut?"

„Ruhestörung. Andauernde Störung der Nachtruhe."

„Warum gehen Sie nicht zur Polizei?"

„Die kümmern sich nicht ernstlich darum, trotz ihrer Versprechungen. Haben wohl Wichtigeres zu tun. Könnte ich Sie nicht unter vier Augen sprechen?"

„Natürlich. Sie wählen den Ort." Tancredi überließ diese Wahl immer seinen neuen Klienten, um so einen besseren Eindruck von ihnen zu gewinnen.

„Sagen wir in Beau's Café? Oder eher im Wholefood Café in der Jewry Lane, da ist es ruhiger. Kennen Sie das?"

„Ja. Nur fünf Minuten von hier. Wann?"

„Heute, die Zeit ist mir egal."

„Momentan kann ich nicht weg. Sagen wir um vier, da ist es sicher am ruhigsten."

„Wie erkenne ich Sie?"

„Ich werde der Einzige sein, der am langen Tisch für acht Personen sitzt. Und vergessen Sie nicht, Ihr Scheckbuch samt Karte mitzubringen."

Er schob die Tastatur des Computers zurück, griff nach dem Stadtplan und breitete ihn auf dem Schreibtisch aus. Die Whitehall Road lag knapp außerhalb der Altstadt, beim Westgate, einem burgähnlichen Stadttor aus dem Mittelalter, am nördlichen Flussarm des Stour. Von Jane Hudsons Wohnung bis zu ihrem Arbeitsplatz brauchte man etwa zehn Minuten zu Fuß.

Im Telefonbuch fand er den Eintrag *T. R. Hudson, 14B Whitehall Road*. Das musste Mrs. Hudsons Gatte sein. Er rief die angegebene Nummer an, niemand meldete sich, auch nach zehnmaligem Läuten nicht, nicht einmal ein Anrufbeantworter. Mehr Glück hatte Tancredi bei der Canterbury Filiale der Kaufhauskette Bangels, als er nach Jane Hudson fragte. Sie sei heute nicht anwesend, wurde ihm erklärt. Auf seine Frage nach dem Grund dafür stieß er anfänglich auf Schweigen, erst als er fragte, ob sie erkrankt sei, wurde ihm gesagt, dass es ihr freier Tag sei. Das ließ sich nicht schlecht an, entschied Tancredi. Und der Morgen schien ihm nun weniger grau.

13

Um zwanzig nach drei sperrte Tancredi sein Büro ab, ging nach unten in den Friseursalon und prüfte im ersten freien Spiegel sein Äußeres. Er glättete eine widerspenstige Haarsträhne, als er Nikkie hinter seiner Schulter auftauchen sah. Da sie gerade frei war, überredete sie ihn, sich auf sein Treffen vorbereiten zu lassen. Er setzte sich. Sie besprühte sein braunes Haar, kämmte es, massierte etwas Gel ein und frisierte es auf stachlig, ohne ihn zu fragen. Obwohl er diesen Stil ablehnte – jeder männliche Angestellte seiner Bank trug jetzt sein Haar so – protestierte er nicht, da er jede Sekunde, die Nikkie an seinem Kopf herumwerkte, genoss.

Die Türglocke läutete, Nikkies nächster Kunde betrat den Salon, das Signal zum Aufbruch für Tancredi. Er dankte ihr, warf ein Pfund ins Trinkgeldglas bei der Kasse und verließ das Limelight.

Es dämmerte bereits, eine graue Hochnebeldecke lag über der Stadt. Tancredi zog den Reißverschluss seiner dunkelblauen Wolljacke zu, gab die Hände in die Taschen und schlenderte die schmale Stour Street in Richtung Stadtzentrum hinunter. In der schläfrigen Altwarenbude und in Jeffs Fahrradladen brannte schon Licht. Die feuchte Luft wirkte kälter als sie war.

Tancredi traf um zwanzig vor vier im beinah leeren Wholefood Café ein, das sich im ersten Stock über einem Bioladen befand. Sein Haar mit ein paar Handstrichen glättend, setzte er sich in ein vom Hauptraum getrenntes Vestibül mit Lehnstühlen, von wo er neu eintretende Gäste beobachten konnte, ohne selbst gesehen zu werden. Er bestellte eine Tasse Lapsang Tee und begann in einem Guardian herumzublättern. Ihm fiel auf, dass in dieser Zeitung nun kritische Artikel und Karikaturen auf eine Seite zusammengedrängt waren, die mit *Meinungen und Kommentare* betitelt war.

Um zehn vor vier kam eine aschblonde Frau, Mitte dreißig, in einem offenen dunklen Wollmantel über einem schwarzen Kostüm die Treppe herauf und nahm in einer Ecke des Hauptraums Platz. Um fünf vor vier betrat ein kahler Mann das Café und setzte sich an einen langen Tisch. Als Tancredi sah, dass die blonde Frau sich mit einer Frage auf den Lippen auf den Kahlkopf zubewegte, stand er auf und ging in den Hauptraum.

„Wenn Sie Tancredi suchen, das bin ich."

Sie drehte sich um und gab ihm die Hand, die sie sofort zurückzog. Er lud sie ein, in den Nebenraum zu kommen, wohin sie ihm mit ihrem Mantel, den sie über den Arm warf, folgte.

Eines der beiden Mädchen brachte, ihren Bauch trotz der Jahreszeit entblößt, Jane Hudson einen großen Milchkaffee, die in ihrer Handtasche nach Zigaretten kramte, sich dann aber besann. Die Gemütlichkeit des Lehnstuhls, auf dem sie Tancredi gegenüber saß, schien sie zu irritieren.

Tancredi nippte an seiner Tasse. „Ruhestörung ist das Problem?"

Sie richtete sich, nun konzentriert, auf. „Es sind

diese Saufgelage in den Westgate Gardens, Tramps, die sich dort regelmäßig treffen und um Mitternacht, wenn sie sternhagelvoll sind, lauthals zu streiten beginnen. Wir haben den Lärm bis hier her satt."

Sie legte ihre schlanke Hand an die Kehle. „Etwas muss unternommen werden. Unsere gute Gegend bekommt sonst einen schlechten Ruf..."

„Das könnte sich schlecht auf die Hauspreise auswirken", warf Tancredi ein.

„Absolut. Natürlich haben wir die Polizei angerufen, immer wieder. Die fahren auch manchmal zur Rheims-Way-Brücke, halten mit Blaulicht kurz an, was die Kerle unter der Brücke natürlich ruhig macht. Zehn Minuten später geht das Gegröle wieder los."

„Guter Schlaf ist wichtig", sagte Tancredi.

„Wem sagen Sie das. Die Westgate Gardens sind abends abgesperrt; um die Kerle rauswerfen zu können, braucht die Polizei eine Anzeige des City Council. Der ist sich des Problems bewusst, kann aber nicht viel machen, da die Treffen der Obdachlosen knapp außerhalb des Parks stattfinden."

Tancredi stellte seine Tasse ab. „Sie brauchen also jemand, der die Nachtruhe in den, oder in der Umgebung der Westgate Gardens wiederherstellt."

Sie nickte entschlossen. „Übrigens wurde einer dieser Saufbrüder vor kurzem tot im Stour gefunden, beim Gitter des Pensionistenheims am Causeway. Da sehen Sie, wohin diese sinnlose Trinkerei führt. Haben Sie den Artikel in der Kentish Gazette gelesen?"

„Muss mir entgangen sein. Wann war das?"

„Vor zwei, drei Wochen." Sie griff nach ihrer Handtasche und brachte nach kurzem Suchen ein Zeitungsblatt zum Vorschein, das sie entfaltete und Tancredi reichte. Er überflog den kurzen, unscheinbaren Bericht und gab ihn zurück.

„Allem Anschein nach betrunken in den Fluss gefallen", sagte er.

„Es zeigt nur, dass es höchste Zeit ist, etwas zu unternehmen."

„Hat sich nach dem Unfall etwas am Lärmpegel geändert?"

Sie warf einen Blick aus dem Fenster, als läge die Antwort auf den Geräteschuppen des Hinterhofs.

„Es stimmt, es wurde tatsächlich ruhiger. Dann aber hat das Geschrei wieder zugenommen, als wäre nie etwas passiert."

Jane Hudsons Handy läutete in ihrer Tasche. Sie überprüfte die Telefonnummmer des Anrufers auf dem winzigen Bildschirm, bevor sie es ausschaltete.

„Anruf von der Firma? Sie müssen zurück?" fragte er.

Sie schüttelte den Kopf und dachte mit zusammengekniffenen Lippen nach.

„Also, wie lautet Ihr Auftrag?" fragte Tancredi.

„Lautet?" Sie lächelte. „Ich möchte, dass Sie die Clique von Obdachlosen, die sich regelmäßig unter der Rheims-Way-Brücke trifft, auflösen und so die frühere Nachtruhe für die Anrainer der Westgate

Gardens wiederherstellen."
Tancredi blickte aus dem Fenster.
„Nehmen Sie den Fall an?"
„Sprechen wir zuerst mal vom Honorar."
„Sie arbeiten doch auf Erfolgsbasis."
Tancredi kratzte sich am Hinterkopf. „Ach, das Zeitungsinserat, das war nur ein Sonderangebot zur Geschäftseröffnung, das nach drei Monaten auslief. Nein, der Tarif ist 150 Pfund pro Tag, inklusive lokaler Spesen, zahlbar im voraus."
Jane Hudson stieß ihren Atem aus. „Ich gebe Ihnen fünf Tage, um den Auftrag zu erledigen, bis zum 23. November."
„Fünf Arbeitstage", präzisierte Tancredi nach einem Blick in seinen Terminkalender. „An Sonntagen arbeite ich selten. Das wäre dann Montag, der 24."
„Fünf Tage, das sind 750 Pfund, ich bin nicht bereit, mehr für diesen Auftrag auszugeben", sagte sie unbeirrt. „Alles inklusive. Ich gebe Ihnen jetzt einen Scheck für 375 Pfund, dafür erwarte ich aber einen schriftlichen Bericht. Sollte der zufriedenstellend ausfallen, und ist der Job ordentlich getan, bekommen Sie die zweite Hälfte, sagen wir, in vier Wochen. Das wäre der 16. Dezember. Die Ruhe soll ja anhalten."
Sie zückte ihr Scheckbuch und begann einen Scheck auszufüllen. „Ich lasse das Namensfeld aus, Sie haben sicher einen Stempel. Ist der Name italienisch?"
Tancredi räusperte sich. „Ja, mein Vater ist in den 50er Jahren eingewandert. Ich bin hier geboren."

18

„Und Ihre Mutter?"

„Engländerin."

„Sie sind also bereits ganz und gar englisch."

„Das überlasse ich ganz Ihrem Urteil."

Sie überreichte ihm den Scheck, und nach kurzem Zögern auch ihre Scheckkarte. Er verglich die Unterschriften und gab die Karte zurück.

„Die Nummer brauche ich nicht, ich weiß ja jetzt, wo Sie wohnen."

Sie winkte dem vorbeieilenden Mädchen zu.

„Das regle ich", sagte er.

Jane Hudson griff nach ihrem Mantel und warf ihn schnell über. „Sie bleiben noch?"

„Ja, ich würde nochmals gern Ihren Artikel lesen, falls Sie nichts dagegen haben."

„Meinen Artikel? Ach ja, den Zeitungsbericht. Ganz und gar nicht." Sie öffnete ihre Handtasche und gab ihm das zusammengefaltete Blatt.

„Besten Dank, ich rufe Sie an", sagte Tancredi.

Mittwoch, 19. November

Die Beverley Road ist eine kurze Straße im Nordwesten Canterburys, die von zweistöckigen schmalen Reihenhäusern mit hübschen Türbögen, die meisten hundert Jahre alt, gesäumt ist.

Nach einem Besuch beim Zahnarzt, der ihm lästigen Zahnstein entfernt hatte, und einem Einkauf bei

Rainhams, rollte Tancredi kurz vor Mittag auf seinem Tourenrad die leicht abschüssige Beverley Road hinab, bevor er vor Haus Nummer 23B haltmachte und das Rad im vernachlässigten Ziergärtchen abstellte.

Er sperrte die Haustür auf. Auf seinem Weg in die Küche lief Laura so knapp vor seinen Füßen her, dass er achtgeben musste, ihr nicht auf die Pfoten zu treten. Bevor er noch seinen Rucksack ganz ausgepackt hatte, öffnete er eine Dose Katzenfutter und löffelte etwas auf Lauras Teller, die sofort zu fressen begann. Er verräumte die Lebensmittel und ging ins straßenseitig gelegene Wohnzimmer, um den Zeitungsbericht der Kentish Gazette, den ihm seine Klientin gegeben hatte, nochmals zu lesen.

Hochwasseropfer
EIN ARBEITSLOSER Mann wurde tot im Stour aufgefunden.
Der Rezeptionist der Retirement Homes am Causeway, Jack Holmes, fand vergangenen Montag (27. Oktober), knapp vor 8 Uhr morgens am Schutzgitter der früheren Schleuse des Stour, ein paar Schritte von der Eingangstür zu seinem Arbeitsplatz entfernt, eine männliche Leiche.
Die von ihm alarmierte Polizei barg den bekleideten Toten, der noch am Nachmittag desselben Tages als Anthony Royle, 37, arbeitslos und unsteten Aufenthalts, identifiziert wurde. Bis gestern war es unklar, ob der Mann Opfer eines Unfalls wurde oder Selbst-

mord verübt hat. Augenzeugenberichten zufolge soll sich der Verunglückte seit etwa drei Jahren hauptsächlich in Canterbury aufgehalten haben.

Gedankenverloren ging Tancredi in die Küche, um sich eine Tasse Schwarztee zu machen.

Donnerstag, 20. November

Gegen vier Uhr nachmittags verließ Tancredi sein Haus in einem alten, mottenlöchrigen Wintermantel und mit lehmverkrusteten Bergschuhen an den Füßen. In der Forty Acres Road begegnete er ein paar Schülern auf dem Heimweg, deren Uniformen in Auflösung begriffen waren und die es alles andere als eilig zu haben schienen, nachhause zu kommen. An der nächsten Kreuzung bog er nach links ab, was ihn in die St. Dunstans Street brachte, an deren Ende das Westgate aufragte, das Burgtor aus dem Mittelalter. Hier lag beinah ein Geschäft neben dem anderen, tummelten sich kleine Zeitungsläden, Friseursalons, Pubs und Take-Away-Restaurants.

Als Tancredi die Weinhandlung Oldpins betrat, hatte er das Gefühl, einen Weinkeller zu betreten: es war dunkel und nicht geheizt. Offenbar die richtige Temperatur für den Wein, aber kaum für die zwei Verkäufer, die sich durch Anoraks, künstliche Geschäftigkeit und Radiomusik warmzuhalten versuchten. Er nahm zwei Flaschen billigen französischen Rotweins vom Regal und bat den Verkäufer, sie zu entkorken und die Plastikstöpsel wieder anzustecken. Als der zögerte, ihm die Flaschen wieder auszuhändigen, konnte sich Tancredi ein Lächeln nicht verkneifen. Sein zwei Tage alter Bart, sein ganzes Ausehen erweckte offensichtlich kein Vertrauen; seine Verkleidung wirkte.

Tancredi bezahlte, steckte die Flaschen in die tiefen Manteltaschen und betrat das Freie. Obwohl die Temperatur über dem Gefrierpunkt lag, hatte er warme Unterwäsche angezogen, dazu ein warmes Winterhemd und die wärmsten Jeans, die er besaß, einen dicken, aber locker sitzenden Pullover und Wollsocken.

Drei Taxifahrer, die vor dem Hotel Falstaff auf Kunden warteten, lösten in ihren im Leerlauf tuckernden, geheizten schwarzen London-Taxis Kreuzworträtsel.

Tancredi bog nach rechts ab und stapfte die schmale Linden Grove entlang, die nach etwa hundert Metern in die Whitehall Road mündete. Hier führte eine Landerampe für Boote in den nun braunen Stour, vor der ein grauer Nissan geparkt war. Tancredi bemerkte, dass ein Fahrer im Auto saß. Er kannte das Auto, den Dienstwagen seiner Konkurrenten Jones Investigations mit dem Kennzeichen 9NKL272 sehr wohl, den jungen Fahrer, der sich für die Enten und Schwäne zu interessieren schien, die sich an der Uferrampe drängten, aber nicht. Er hatte das Wagenfenster herabgelassen und warf den Schwänen Weißbrotbrocken zu, die sie flugs vom Wasser aufschnappten.

Tancredi hielt kurz an. „Ich mag die Enten lieber." Der Fahrer brummte etwas, das sich wie Zustimmung anhörte. Tancredi ging weiter. Obwohl er vorgehabt hatte, sich das Haus Nr. 14B, wo Jane Hudson wohnte, genau anzusehen, beschloss er, sich der Konkurrenz im Rücken bewusst, es bei einem flüchtigen Blick zu belassen. Das zweistöckige blassgrüne Gebäude im sachlichen Stil der 1930er Jahre war ein mittelgroßes Doppelhaus. Seine Klientin war Abteilungsleiterin bei Bangels, ihr Mann Chemiker bei Seltzer, der großen pharmazeutischen Firma an der Küste, wie er mittlerweile herausgefunden hatte. Wie dem auch war, Tancredi musste weitergehen, um kein Aufsehen zu erregen. Er schlenderte die übermannshohe Ziegelmauer entlang, die die Westgate Gardens von der Whitehall Road trennte, bis er ein schwarzlackiertes Eisentor erreichte, durch das er den Park betrat. Er überquerte den Stour auf einem schmalen Steg. Ein paar Enten blickten, kräftig gegen die Strömung schwimmend, um auf gleicher Höhe zu bleiben, erwartungsvoll zu ihm auf. Er sah sich um; zumindest im westlichen Teil des Parks, den die Rheims-Way-Brücke abschloss, schien er der einzige Besucher zu sein.

Es hatte zu dämmern begonnen. Gerade, als sich Tancredi auf eine Bank an der Flusspromenade setzte, hörte er Schlüsselgeklapper und eine heisere

Stimme.

„Entschuldigen Sie, wir sperren in zehn Minuten zu."

Er drehte sich nach dem buckligen Parkwächter um, der, einen großen Schlüsselbund schwingend, sich schon wieder abgewandt hatte und weiterhumpelte, als fürchtete er, dass Augenkontakt Probleme heraufbeschwören könnte.

Tancredi stand auf und ging flussaufwärts das Ufer entlang, bis er das schützende Dunkel der Rheims-Way-Brücke erreichte. Den brausenden Fünfuhrverkehr über dem Kopf, konnte er am ersten ihrer Betonpfeiler Graffiti und auf dem Steinboden Flaschen, ein paar weiße Plastikgabeln und eine flachgepresste Bananenschachtel ausmachen. Er setzte sich auf den Karton.

Schlüsselgeklimper kündigte erneut den Parkwächter an, der bald das Gittertor im Metallzaun, der den Park von der Brücke trennte, mit einer diskreten Miene, die seinen Runzeln entgegenkam, absperrte.

Tancredi biss ins erste seiner beiden Camembert-Sandwiches, die er mitgebracht hatte. Ein großer Ast, der im Fluss vorbeitrieb, ließ ihn an Royle denken, der im Stour seinen Tod gefunden hatte.

Erst nach dem zweiten Sandwich erlaubte er sich einen Schluck Wein, der besser als erwartet war. Côtes-du-Rhone, den Namen musste er sich merken. Allmählich begann er an seinen Ohren und Händen die Kälte zu spüren. Aus der Innentasche seines Mantels nahm er eine schwarze Wollmütze und setzte sie auf. Er stand auf, rieb sich die Hände und machte Kniebeugen, als er vom offenen Feld jenseits der Brücke Stimmen hörte, die näherkamen. Vor sich hin summend setzte er sich wieder auf den Karton. Nun konnte er zwei Gestalten und einen Hund im schwindenden Dämmerlicht ausmachen, die ins Dunkel der Brücke traten. Das schlanke Tier lief direkt auf Tancredi zu, schnupperte an seinem linken Bein, und er flüsterte ihm ein freundliches Wort zu.

Als der größere der beiden Männer Tancredi bemerkte, rief er den Hund zurück und riss ein Streichholz an, um besser sehen zu können. Er trug eine peruanische Wollmütze mit Ohrenklappen; seine Erdbeernase schien vor weiterem Wachstum von einem weißgrauen Schnauzer zumindest von unten in Zaum gehalten zu werden.

„Ist es okay, dass ich den Karton verwende?" sagte Tancredi.

„Wir geben dir schon Bescheid, wenn uns der Arsch abfriert. Zigarette?"

Tancredi verstand sofort, dass das kein Angebot war.

„Hab etwas Tabak dabei, Mate."

Der Schnauzbart hockte sich auf seine Fersen und nahm Tabak und Zigarettenpapier wie selbstverständlich entgegen. „Mach Licht, Stu", sagte er zu seinem Begleiter.

„Bin ich Gott, Lou?", erwiderte der, ließ aber sein Plastikfeuerzeug aufblitzen. Stu schien jünger als

Lou zu sein, sein Gesicht wurde von langem, wirren braunen Haar und einem kurzen Vollbart eingerahmt.

Im Licht der bläulichen Flamme rollte sich Lou eine Zigarette und zündete sie an, bevor er Tabak und Papier an Stu weitergab. Er inhalierte tief.

„Was bringt dich hierher unter die Brücke? Hab dich hier nie gesehn."

Tancredi nahm einen Schluck aus der Flasche und schob das Kinn vor. „Sie hat das Schloss ausgewechselt, die Schlampe." Er spuckte einen unterdrückten Fluch aus.

„In einer Woche spätestens wird sie mit Glubschaugen überall nach mir suchen. Aber dann werde *ich* Bedingungen stellen... Hure! Aber was langweil ich euch mit Weibergeschichten... Schluck?"

Tancredi reichte Lou die Flasche, der seinen dicken Mantel unter sich faltete, bevor er sich setzte, einen tiefen Zug nahm und sie an Stu weiterreichte.

„Wein auf ... Most – gute Kost", sagte Stu.

„He, das reimt sich", sagte Lou. „Wir haben bereits was gegessen", erkärte er Tancredi, „verlässlichen Strongbow..." „Als Dichter bist du eine Null, Stu, aber keiner macht ein besseres Feuer als du."

„Schon gut, schon gut, ich geh ja schon." Stu stellte die Flasche auf den Boden und ging, gefolgt vom Hund, in Richtung der Felder, von denen die beiden gekommen waren.

„Wie heißt der Hund?" fragte Tancredi.

„Hector. Du rauchst nicht?"

„Versuche auf zehn im Tag herunterzukommen."

Lou lachte heiser auf. „Das ist mein Vorsatz fürs Bier fürs neue Jahr. Ich ess einfach zuviel. Höchste Eisenbahn, dass ich abnehm."

„Da hast ja noch Zeit. Übertreib es nur nicht, Mate, Essen hält Körper und Seele zusammen."

Nach einer Weile kam Stu mit einer alten Zeitung und etwas Brennholz zurück. Aus vier Ziegeln, die hinter einem Brückenpfeiler lagen, baute er neben Lou eine Feuerstelle, in die er Papierbälle und etwas Reisig gab. Im Nu flackerte ein Feuer auf, auf das alle zurückten, und Hector rollte sich neben Stu ein.

Nach einer halben Stunde hatten die drei die erste Weinflasche geleert. Tancredi beschloss, sich eine Zigarette zu rollen. Er war froh, dass er es nicht verlernt hatte. Bestimmte Dinge, wie Radfahren oder Schwimmen, verlernte man einfach nicht. Er beugte sich vor und gab sich an der Feuerstelle Feuer.

„Die wievielte ist das?" wollte Lou wissen.

„Die neunte. Eine heb ich mir für später auf."

Tancredi zog die zweite Weinflasche aus dem Mantel. „Wie wärs mit einem Steak halb durch?"

„Gute Idee. Obwohl mir blutig lieber wäre."

Tancredi entkorkte die Flasche und nahm einen Schluck, bevor er sie an Lou weiterreichte.

„Das Feuer geht aus, Stu", sagte Lou.

„Und? W-warum gehst nicht *du* einmal Holz suchen?"

„Weil *du* der gottverfluchte Holzexperte bist", dröhnte Lou.

„*Feuer*experte… Mag schon sein, dass ich gut im Feuermachen bin, aber im Ho-holzsuchen bist du grad so gut wie ich, wenn nicht besser."

Stu nahm einen großen Schluck Wein.

„Keine Manieren, der Knabe", sagte Lou zu Tancredi.

„Vielleicht hat sich Stu eine Pause verdient", sagte Tancredi. „Ich geh, zur Abwechslung. Lasst mir etwas Wein übrig."

Er stand auf, streckte sich und ging rasch flussaufwärts. Er war froh, etwas Bewegung zu bekommen. Nach ein paar Minuten konnte er im Dunkel zwei Weiden ausmachen, die den Stour säumten. Er versuchte, ein paar Äste abzubrechen, was ihm aber nicht gelang. Er musste schließlich sein Taschenmesser zu Hilfe nehmen, um sie vom Stamm abzuschneiden.

Als er mit dem Holz zur Feuerstelle zurückkehrte, wurde er von Lou mit großem Hallo empfangen.

„Gute Arbeit, Mate, hier, nimm einen Schluck zur Stärkung."

Als sich Tancredi auf seinen früheren Platz setzte, merkte er, dass seine Unterlage fehlte; auf dem Karton saß nun Lou.

„Weidenholz, gut für Körbe, etwas feucht für ein Feuer, aber besser als nichts", sagte Lou.

Stu bündelte ein paar Weidenäste und legte deren Spitzen auf die glühende Asche. Weißlicher Rauch stieg auf, der Tancredi husten machte.

„Rauch verscheucht die Fliegen", sagte Stu.

„Aber nicht den Husten", sagte Lou mit einem Grinsen, das seine Zahnlücken zeigte.

Nach einer Weile sagte Tancredi: „Schade um Royle. Dass das passiert ist. Schwer in Ordnung, der Bursche."

„Meinst du den Duke? Der ist vor ein paar Wochen ersoffen. Woher hast du ihn gekannt?"

„Ich hab ihn nur als Tony gekannt. Wir waren ein halbes Jahr lang eine Fensterputzer-Partie."

Tancredi nahm einen großen Schluck Wein.

„Der Duke, ein Fensterküsser? Hat er uns nie davon erzählt, stimmt's Stu?"

Stu schüttelte den Kopf.

„Nur ein halbes Jahr", sagte Tancredi, „und das nicht regelmäßig."

„Wann soll das gewesen sein? Heuer?"

„Nein, das ist schon gute zwei, drei Jahre her. Es war im Sommer, ein paar Tage die Woche, früh morgens. Er brauchte dringend Geld. Er hat immer nur die Parterrefenster geputzt, ist nie selber auf die Leiter gestiegen, weil ihm leicht schwindlig wurde."

„Morgens schwindlig im Kopf, von seinem regelmäßigen Kater, das klingt schon mehr nach dem Duke, und dass er anderen bei der Arbeit den Vortritt ließ. Er hat Stil gehabt, hat meistens alles geteilt, ein Gent."

Lous Augen waren plötzlich nass.

„Er hat nie jemand angebettelt, ist immer nur dagesessen, in seinem abgewetzten Anzug, und das Geld ist von selbst in seinem Hut gelandet", sagte Stu.

„Ganz tief innen war er konservativ", bemerkte Tancredi.

„Einer der alten Schule", sagte Lou. „Leben und leben lassen."

„Der Stour war ja ziemlich hoch, als es passiert ist", sagte Tancredi.

„Es hat Ü-Überschwemmungen gegeben", sagte Stu und schob mehr Holz in die Glut.

„Aber dass man da gleich ertrinkt – nicht leicht, in eineinhalb Meter tiefem Wasser zu ertrinken."

„Wenn du entsprechend betrunken bist, kannst du sogar in einem halben Meter Wasser ertrinken", sagte Lou.

Tancredi nickte nachdenklich, bevor er Lou und dann Stu fixierte. „Habt ihr den Duke gesehen, am Tag, an dem er umgekommen ist?"

Lous linkes Auge zuckte. „Vielleicht nicht am selben Tag. Wir haben uns beinah täglich getroffen. Warum fragst du?"

„Ich frag mich, ob das ganze ein Unfall, oder ob da fremde Hand im Spiel war. Habt ihr den Bericht in der Gazette gelesen?"

Stu schüttelte den Kopf, während Lou sagte: „Warum sollten wir? Wir lesen nur den Messenger, weil der gratis ist."

Lou nahm einen großen Schluck aus der Flasche. „Ja, er war hier mit uns unter der Brücke. Ich glaub, es war ein Sonntag, es war ein typischer Sonntagsverkehr. Wir haben im Lauf des Abends Bier getrunken, eine Sechserpackung, die er spendiert hat.

Irgendwann ist er aufgestanden; sagt, er geht pinkeln, ist aber nicht mehr zurückgekommen. Was für ihn nicht ungewöhnlich war. Am nächsten Tag haben sie ihn mit Stangen aus dem Stour gezogen."

„Habt ihr was gehört?" sagte Tancredi.

„Was meinst du?" sagte Lou.

„Was Ungewöhnliches, gleich nachdem er gegangen ist, einen Schrei..."

„Nein, haben wir nicht", sagte Lou scharf, „weil wir keine Lauscher sind. Im Gegenteil zu dir."

„Lauscher?" erwiderte Tancredi.

Lou stand schwankend auf. „Lauscher, Copper, Kriminaler."

Tancredi und Stu sprangen auf. Hector begann leise zu winseln.

Lou pendelte nach vorn und stach mit seinem Zeigefinger in Richtung Tancredi. „Du willst uns aushorchen, weil du ein gottverfluchter Copper bist."

„Du bist im Irrtum, Mate. Nimm deine Finger von meinem Mantel."

„Erstens bin ich kein Mate von dir, zweitens bist du keiner von uns. Wenn nicht ein Copper, dann ein Schmierfink."

„Nichts von dem. Hast heute bloß zuviel abgebissen, Lou, und das Denken fällt dir schwer."

Lou packte Tancredi am Mantelkragen. „Von Anfang an hab ich gewusst, dass bei dir was nicht stimmt. Nagelneuer Tabak..."

Tancredi stieß Lou zurück. „Warum hast ihn dann geraucht?"

Stu kam Lou, der rückwärts in die Feuerstelle getreten war, zuhilfe. Aber Lou war mit seiner Tirade noch nicht zu Ende.

„So ein falscher Hund. Putzt immer den Flaschenhals ab, bevor er trinkt."

„Ja, weil ich deine beschissenen Bakterien nicht kriegen will."

„Da hast du's, Stu, er denkt wie ein Bürohengst, weil er nämlich einer ist."

Lou hob die leere Weinflasche beim Hals auf und holte damit aus. „Verpiss dich, bevor ich dir damit den Schädel eindrücke!"

Beschwichtigend hob Tancredi die Hände. „Schon gut, schon gut, ich geh ja schon. Ich lass euch auch den Rest des Weins."

Die beiden im Auge behaltend, ging Tancredi zum Zaun der Westgate Gardens. Als er sicher war, dass ihm Lou nicht folgte, stieg er auf die untere Querleiste und kletterte vorsichtig um das zackenbewehrte Zaunende, das in den Fluss ragte, herum.

„Und lass dir nicht mal im Traum einfallen, hier zurückzukommen", rief Lou drohend von der Feuerstelle.

Tancredi sprang auf die Uferpromenade. „Gehört euch die Brücke allein? Ich trinke, wo ich will; bis morgen, Guys!"

Als Tancredi sich umdrehte, zerbarst die Weinflasche an einem Metallpfahl des Zauns.

Freitag, 21. November

Tancredi wachte auf, und das erste, was er sah, waren Lauras grüne Augen, die ihn sorgfältig beobachteten. Sie hatte auf diesen Moment, auf seiner Brust liegend, geduldig gewartet. Sowie er ganz die Augen aufschlug, begann sie lautstark ihr Frühstück einzufordern. Um dem Wölkchen schlechten Katzenatems zu entkommen, rollte er sich erst einmal auf die Seite. Sein Wecker zeigte 8 Uhr 20, er hatte vergessen, den Alarm zu stellen. Laura sprang auf den Fußboden, um dort weiter zu klagen.

Als er sich im Bett aufsetzte, fühlte er sich noch immer elend von der Begegnung mit den Tramps, der Kälte und dem beizenden Rauch. Auf der Straße zu leben, war ein Alptraum, entschied er.

Tancredi stand auf, warf seinen Morgenmantel über und stapfte die Treppe hinunter, um Laura, die ihm dicht auf den Fersen folgte, in der Küche zu füttern. Dann erst füllte er den Wasserkessel, um sich Tee zu machen.

***

Am Nachmittag sperrte Tancredi seinen Gartenschuppen auf, in dem sein Fahrrad neben dem Rasenmäher stand, und schob es den schmalen betonierten Pfad entlang, der sein Haus von dem seiner Nachbarn trennte, hinaus auf die Straße.

Er rollte die dicht verparkte Beverley Road hinunter

und bog rechts in die breitere, baumgesäumte Roper Road ein. Der Rinnstein auf der linken Straßenseite war mit gelben Blättern der Linden verstopft, deren nackte Äste sich nur deshalb in den grauen Himmel streckten, weil sie es vom Frühling her gewohnt waren.

Tancredi erreichte, zahlreiche Autos auf dem Rheims Way überholend, in zehn Minuten das Polizeihauptquartier an der Old Dover Road, das sich direkt gegenüber der alten Stadtmauer befand.

Als er das Foyer betrat, dachte er, dass sich nicht viel in den drei Jahren seit seinem Abschied von der Kent Police geändert hatte. Der Empfangsschalter wirkte noch immer abgewetzt, aber die junge blonde Beamtin dahinter war neu und ihm unbekannt.

„John Tancredi. Kann ich Detective Inspector Hall sprechen, Jim Hall?"

„Erwartet er Sie?"

Als Tancredi nickte, reichte sie ihm das Besucherbuch und tastete Halls Nummer in das Telefon ein. Gerade als er seine Unterschrift in das dafür bestimmte Feld setzte, legte sich eine Hand auf seine Schulter.

„Er ist nur gekommen, um den Laden hier unsicher zu machen", sagte Hall zur nun lächelnden Rezeptionistin und bedeutete Tancredi, ihm in sein Büro im ersten Stock zu folgen.

Den Raum, den die beiden betraten, konnte man schwerlich Büro nennen, es war eine Kabine, in der gerade ein kleiner Schreibtisch, auf dem ein Computer und ein Telefon standen, und zwei Stühle Platz hatten.

„Klein, aber fein", bemerkte Tancredi, nachdem er sich gesetzt hatte.

„Ich weiß", seufzte Hall. „Gottseidank habe ich ein Fenster. Die gleiche architektonische Einheit gibt es hier auch fensterlos."

Er machte das Fenster, das auf die Ring Road ging, einen Spalt auf, um zu demonstrieren, dass es sich öffnen ließ.

„Erinnerst du dich an diesen Unfall im Stour vor drei Wochen?" fragte Tancredi. „Anthony Royle, der Name des Ertrunkenen."

Hall griff nach der Maus und aktivierte ein Programm auf dem Bildschirm vor ihm. „Ja, ich erinnere mich. Hast du das genaue Datum?"

„Der Artikel erschien Ende Oktober in der Gazette, an einem Donnerstag."

"Das war der 30. Oktober."

„Man hat die Leiche am Montag gefunden, also am 27."

„Augenblick – hier haben wir was, wenn auch nichts Weltbewegendes. Offenbar war Roger Castle der diensthabende Coroner."

Tancredi schrieb den Namen in sein Notizbuch.

Jim Hall las ihm weiter vor: „Dr. Castle beauftragte Kyle Green, den Pathologen, den Leichnam zu untersuchen. Green stellte fest, dass Royle ein Promille Alkohol im Blut hatte, und dass der Tod durch Ertrinken erfolgt war. Eine kleine Beule am Hinterkopf fand man auch."

„Nichts Ungewöhnliches für einen Obdachlosen",
sagte Tancredi. „Die haben ja dauernd irgendwelche
Schrammen."

„Der Coroner hat entschieden, dass keine Gerichts-
verhandlung zur Feststellung der Todesursache not-
wendig wäre. Und sein Abschlussbericht besagt,
dass Royle betrunken in den Stour gefallen und dann
ertrunken ist", erklärte Hall. „Hier ist eine Liste der
Kleidungsstücke, die der Verunglückte anhatte, alles
abgetragen. Regenmantel, Hose, Unterhose, Socken,
Unterleibchen, Sporthemd, Pullover, ein Schuh der
Marke Hush Puppies, der andere wird vermutlich
noch irgendwo im Stour liegen."

„Hat man private Dinge in seinen Taschen gefunden?"

Hall nickte. „Er trug einen Führerschein in Plastik
bei sich. Dazu einen einzelnen Schlüssel."

Tancredi beugte sich nach vorn. „Könnte ich die
sehen?"

Hall lachte knapp auf. „Ich darf dir gar nichts zei-
gen, John. Ich dürfte mit dir nicht einmal über die
Akte Royle sprechen. Ich kann dir aber die Fotos der
Objekte als E-mails schicken. Wenn du mir ver-
sprichst, sie innerhalb eines Tages zu löschen."

Tancredi nickte. „Haben sich Verwandte oder
Freunde Royles gemeldet?"

„Bei uns? Nicht dass ich wüsste. Das ist Sache des
City Councils, mit denen Verbindung aufzunehmen."

Das Telefon läutete. Während Hall den Anrufer beschwichtigte, fiel Tancredis Blick auf Halls lange weiße Narbe auf der rechten Hand.

Hall legte auf. „John, der Boss möchte mich dringend sprechen."

„Verstehe."

Auf dem Gang klopfte Tancredi Hall auf die Schulter und blickte ihm nach, wie er, die linke Schulter voraus, den Korridor entlangeilte.

Am Empfangsschalter setzte Tancredi seine Unterschrift wieder ins Besucherbuch.

„Sie kennen Jim?", fragte die blonde Beamtin, die nun einen Kopfhörer samt Mikrophon trug.

„Seit zwölf Jahren." Tancredi drehte sich zum Ausgang und sagte, kurz angebunden: „Unglaublich, da scheint die Sonne."

***

Der Sonnenschein hielt nicht lange an. Noch bevor Tancredi sein Haus erreicht hatte, war alles wieder grau in grau. Als er ein paar Minuten später seine elektronische Post durchsah, fand er zwei E-Mails von Jim Hall, in denen er die versprochenen Fotos fand.

Das erste war eine Vergrößerung des Führerscheins Royles mit einem Foto, sein Geburtsdatum, 04-07-66, eine Adresse, 18 Balls Pond Road, London N1 3LQ, das Kürzel einer verwegenen Unterschrift und der Kode ROYL607046A96TY19.

Das zweite Foto, Royles Schlüssel, war im Maßstab 3:1 wiedergegeben. Es war ein bronzefarbener, flacher, kurzer Schlüssel, der Beschreibung nach 55 Millimter lang. Die Vorderseite zeigte die Aufschrift TIMPSON, und die Rückseite die Buchstaben HD ULI. Sogar die schmale Seite des Schlüsselbarts war abgelichtet worden, um einen dreidimensionalen Eindruck zu vermitteln.

Timpson war der Name einer Firma, die sich aufs Schlüsselmachen und auf Schuhreparaturen spezialisierte. Es gab drei Timpson-Läden in der Stadt.

Tancredi machte sich Kopien der beiden Fotos auf Papier und auf Diskette, bevor er die Mails löschte. Er lehnte sich in seinem Stuhl zurück und verschränkte die Arme im Nacken. Für einen Obdachlosen war Royle, mit einem Führerschein und einem Sicherheitsschlüssel, recht gut ausgerüstet gewesen. Der fehlende Schuh gab Tancredi zu denken. Er konnte auf dem Flussbett liegen, musste aber nicht. Royle konnte ihn verloren haben, bevor er ins Wasser gefallen war. Das bedeutete, dass er nochmals in die Westgate Gardens gehen musste, um nach dem Schuh zu suchen. Die Chance, ihn drei Wochen nach dem Zwischenfall zu finden, war aber gering.

Als er das Haus verließ, um seinen alten Wintermantel aus dem Schuppen zu holen, sah er Fiona Pimbury im Nachbarsgarten verwelktes Laub zusammenrechnen. Nach etwas Geplauder über das Wetter lud sie ihn zum Tee ein. Diese Einladungen machte sie nur, wenn ihre Kinder von ihrem Exmann von der Schule abgeholt wurden und bei ihm übernachteten, was nicht oft der Fall war.

Tancredi erwähnte, dass er noch Arbeit zu tun habe und erkundigte sich, ob er später kommen könnte.

Fiona sah ihn überrascht an. „Warum nicht. Ich weiß aber nicht, ob ich abends hier bin." Sie blies eine Haarsträhne aus der Stirn und griff wieder nach dem Rechen.

Im Schuppen zog Tancredi seine Bergschuhe an, bevor er sich den schweren Wintermantel überwarf. Diesmal steckte er auch eine Taschenlampe ein, bevor er sich auf den Weg machte. Schritt für Schritt nahm er die Rolle des obdachlosen Trinkers wieder an. Im Weinladen kaufte er zwei Flaschen Côtes-du-Rhone, die er in die Manteltaschen steckte. In der Whitehall Road stellte er erleichtert fest, dass die wenigen Autos, die am Straßenrand geparkt waren, allesamt unbesetzt waren. Ein paar Enten hatten sich an der Landerampe des Stour eingefunden.

Langsam näherte er sich dem Haus Nr. 14B. Es war ein bürgerliches, schlichtes Wohnhaus mit verputzter Fassade, ein Zweckbau ohne Firlefanz. Eine schmale Sackgasse führte am Haus vorbei zu den Reihengaragen, die parallel zur Whitehall Road lagen.

Im beginnenden Dämmerlicht betrat Tancredi die Westgate Gardens, überquerte die kleine Brücke und ging langsam flussabwärts, um in den schmalen Grünanlagen zwischen dem Gehsteig und dem Ufer nach Royles Schuh zu suchen. Er fand nicht einmal eine leere Plastikflasche. Dieser Park wurde sehr sauber gehalten, vielleicht weil er bis zur Guildhall beim Westgate reichte, in der der City Council seine Sitzungen hielt. Genau dort drehte Tancredi wieder um und schlenderte nun flussaufwärts, um das Buschwerk zu seiner Linken zu inspizieren.

Bald hörte er das ihm schon vertraute Schlüsselgeklimper des Parkwächters. Er drehte sich um und wartete, bis er näherkam.

„Ich suche einen Schuh, Größe 10, Marke Hush Puppies. Das Problem ist bloß, ich habe ihn schon vor rund drei Wochen verloren."

Der Beamte streifte Tancredi mit einem skeptischen Blick, bevor er weiterhinkte. „In fünf Minuten sperre ich zu."

Tancredi schloss sich ihm an. „Es ist der rechte Schuh."

„Wir bewahren Fundgegenstände nur sechs Wochen auf."

„Das trifft sich gut, mein Schuh müsste also noch im Depot sein."

Nun hatten sie das offene Zauntor bei der Rheims-Way-Brücke erreicht. Der Parkwächter steckte einen der Schlüssel ins Schloss. „Ich glaube nicht, dass wir Ihren Schuh haben."

Tancredi ging rückwärts durch das Tor. „Warum nicht? Bei nächster Gelegenheit komme ich ins Depot. Wo ist es?"

Der Beamte schloss die in den Angeln kreischende Gittertür, sperrte sie ab und zeigte auf Tancredis

Schuhe. „Sie haben Größe 12 oder 13, aber niemals Größe 10", sagte er, und nickte sich selbst wie zur Bekräftigung seiner Aussage zu.

Er wandte sich ab, um zum nächsten Tor zu gehen.

Zornig trat Tancredi gegen das Gittertor, dass es schepperte. Weil der Karton, auf dem er am Vortag gesessen war, verschwunden war, setzte er sich auf eine alte Ausgabe des Messengers, den er in einem Abfallkorb fand.

Es wurde dunkel. Nach einer Weile aß er ein Käsesandwich und schwemmte die Krumen mit ein paar Schlucken Wein hinunter. Er drehte sich eine Zigarette, um sich innerlich zu wärmen. Keine Spur von Lou und Stu, nicht einmal ein streunender Hund schien sich unter die Brücke zu verirren. Tancredi nickte ein.

Irgendwann wachte er auf und überlegte, ob er sich ein Feuer machen sollte, um die eisige Kälte zu vertreiben, die nun trotz seiner warmen Kleidung seine Knochen angegriffen hatte. Gerade als er aufstehen wollte, um nach Brennholz zu suchen, hörte er ein Geräusch von der Mauer jenseits des Stour, die den Park von der Whitehall Road trennte.

Im orangen Schein einer Straßenlampe sah er einen Mann mit angeschnalltem Rucksack auf die Ziegelmauer klettern und sich rittlings daraufsetzen. Er fing einen prallen Sack, der ihm von der Straße zugeworfen wurde, ließ ihn vorsichtig in den Park fallen und bückte sich, wie um jemand seine Hand zu reichen. Nach ein paar Sekunden tauchten Kopf und Schultern eines zweiten Mannes auf, der sich auf die Mauer schwang, um sich gleich auf der Parkseite hinunterzulassen. Die bepackte Gestalt sprang nun selbst in den Park, hob den Sack auf und beide Männer eilten flussabwärts bis zum ersten Steg, den sie sofort überquerten.

Ohne zu sprechen, ohne das geringste Geräusch zu machen, gingen sie im Mondschein nun zielstrebig flussaufwärts, in Richtung Tancredi, bevor sie sich seitwärts in die Büsche schlugen, wo sie unter einem Baum haltmachten.

Nachdem er seinen Rucksack abgestreift hatte, legte der kleinere der beiden Männer den Sack, den er getragen hatte, ab und öffnete ihn, um ihm ein Ding zu entnehmen, das sich bald als ein Zelt herausstellte, das er schnell und geschickt aufbaute. Er griff nach dem Rucksack, packte ihn teilweise aus und kroch ins Zelt. Für ein paar Sekunden geisterte der Schein einer Stablampe auf der Zeltwand. Der Mann kam aus dem Zelt, hantierte mit den Dingen, die vor ihm lagen, und nach ein paar Minuten könnte man einen kleinen Kranz blauer Flammen vor dem Zelt ausmachen, einen Gaskocher. Er nahm einen Topf, ging damit zum Fluss, um ihn mit Wasser zu füllen und kehrte schnell zum Zelt zurück, vor dem jetzt sein Begleiter auf einem Faltstuhl saß. Der Topf wurde auf den Gasring gesetzt, der Zeltmacher hockte sich auf seine Fersen und wartete.

Plötzlich blickte er in Richtung Zaun, stand auf und ging, den Schatten der Bäume auf seiner Linken geschickt nützend, rasch zum Gittertor, hinter dem Tancredi saß. Er richtete den Strahl seiner Stablampe zuerst auf den vor Kälte zitternden Tancredi, der ihn mürrisch anblinzelte, dann um ihn herum.

„Wo sind die andern heute?"

„Keine Ahnung, Mate. Lou and Stu haben mich heut im Stich gelassen."

„Wie heißt du?"

„Tom."

„Ich bin Dave. Komm doch rüber zum Zelt, ich mache eben Tee."

Tancredi fielen die hohen, geschnürten Schuhe und die aufgenähten Taschen auf der Hose seines Gegenübers auf, bevor dieser die Stablampe löschte.

„Gute Idee, Kumpel, ich kann was Heißes vertragen."

Tancredi steckte die halbleere Weinflasche in seine Manteltasche, während er die volle zurückließ. Er stieg auf die untere Zaunleiste und kletterte vorsichtig um das gezackte Zaunende herum, das über den Fluss hinausragte, und stapfte, unter Daves kritischem Blick, zum Ufer zurück. Er schnaufte in gespielter Erleichterung auf.

„Macht ihr ein Überlebenstraining?"

Dave kicherte belustigt. „Nenn es besser ein Manöver. Wir haben den Kontakt mit unserer Kompanie verloren und graben uns im Feindesland ein, solange, bis es uns gelingt, mit unserer Truppe wieder Kontakt aufzunehmen."

„Im Feindesland?"

„Ja, das ist die Annahme."

Sie erreichten das Zelt. „Captain, das ist äh - Mr. Tom. Er ist bereit, mit uns zusammenzuarbeiten."

Der Captain erhob sich von seinem Sitz.

„Captain Smith. Freut mich, Sie kennenzulernen. Sergeant Sinclair, einen Stuhl für Mr. Tom."

Der Sergeant entnahm dem Zelt einen Klappstuhl, den er für Tancredi entfaltete.

„Es freut mich, dass Sie bereit sind, über ihre Heimatstadt Auskunft zu geben", sagte der Captain.

Tancredi setzte sich. „Ehrlich gesagt, bin ich nur der Einladung zu einem Becher Tee gefolgt."

„Den Tee bekommen Sie, dann sprechen wir."

Sowie das Teewasser kochte, warf Sinclair einen Teebeutel in den Topf. Wenig später schlürften er und Tancredi heißen Tee aus Aluminiumbechern.

„Sie trinken keinen Tee, Captain?" fragte Tancredi. Er wärmte seine Hände am heißen Metall.

„Nicht um diese Zeit." Der Captain räusperte sich. „Nun zu Ihnen. Was machen Sie hier abends, um diese Zeit, allein unter der Brücke?"

„Nur ein bisschen Spaß, Flasche Wein mit den Kumpels..."

„Die nicht gekommen sind."

„Genau."

„Lou, Stu, Steve und Darren?"

„Ich kenne bloß Stu and Lou."

„Wie lange kennen Sie die beiden schon?"

„Vom Sehen schon lang, man läuft sich ja immer wieder übern Weg. Aber so richtig ins Gespräch sind wir erst vor kurzem gekommen."

„Aha."

Der Sergeant, der nervös an seinen Fingernägeln gekaut hatte, stand wie auf ein Stichwort auf. „Wie waren die Einnahmen heute?"

Das Weiß seiner Augen war auf Tancredi gerichtet.

„Vierzehn Pfund und dreißig Pence."

„Unglaublich, wenn man bedenkt, dass.... Hast du das Geld schon gewechselt? Ich habe nichts klingeln an dir gehört, als du vom Zaun gestiegen bist."

„Das erste nach getaner Arbeit ist, Banknoten zu bekommen."

„Wer wechselt euch heute noch?" fragte der Captain. „Die Geschäfte in der High Street wurden von der Polizei angewiesen, Bettlern nicht mehr Geld zu wechseln."

„Es stimmt, es ist schwerer geworden. Da ist aber dieser Buchladen in der Mercery Lane. Die können immer Kleingeld brauchen."

„Interessant."

Der Sergeant fragte: „Wie lang bist du schon auf der Straße? Pumpst du auch Leute um Geld für eine Busfahrkarte an, die du dann nicht kaufst?"

Tancredi räusperte sich. „Nicht meine Art, Mate. Übrigens, ich bettle nicht, flenne niemanden um Kleingeld an. Sitze nur da und spiele Flöte."

Lächelnd zeigte der Sergeant das Weiß seiner Zähne. „Dann bist du also ein – Künstler. Habe dich allerdings nie in der High Street musizieren gesehen."

„Bin meistens in Long Market."

Tancredi trank den Tee aus und zog die Weinflasche aus der Manteltasche.

„Schluck gefällig?"

Nachdem der Captain und der Sergeant die Einladung schweigend überhört hatten, nahm Tancredi selbst einen Schluck Wein und steckte die Flasche verkorkt wieder ein. Er stand auf. „Vielen Dank auch für den Tee. Der hat mich richtig aufgewärmt."

Der Captain entließ ihn mit einem knappen Nicken.

Der Sergeant sammelte die Becher und den Topf ein und stand auf. „Tom, hilf mir doch, die Tassen am Fluss auszuwaschen."

Tancredi folgte dem Sergeant zum Ufer, wo dieser das Geschirr abstellte, sich umdrehte und ihm seine rechte Faust in den Bauch hieb. Trotz des gleißenden Schmerzes zwang sich Tancredi, an seiner Rolle als Tramp festzuhalten. Aufstöhnend schnellte er nach vorn und schaffte es, den zweiten Schlag, der auf sein Kinn zielte, auf seine Schulter abzulenken. Die Wucht des Hiebs riss ihn um und warf ihn auf den Rücken. Sofort zog er seine Beine an und schützte Brust und Kopf mit seinen Armen.

Mit einem Grinsen beugte sich Sinclair über Tancredi.

„Abfall. Zieht arbeitenden Leuten das Geld aus der Tasche, verfluchter Parasit!"

Er hieb seinem Opfer mit seinem Lederstiefel in die Seite und holte zum nächsten Tritt aus. Tancredi gelang es, sich so zu drehen, dass der Sergeant in seine

Manteltasche trat, in der die Flasche barst. Während der Soldat vor Schmerz fluchte, rappelte sich Tancredi auf und riss den Rest der Flasche aus dem Mantel, die in zwei scharfen Zacken endete.

„Rühr mich nochmals an, und ich stech dir ins Gesicht!"

Sinclair wich zurück, um aus der Reichweite Tancredis zu kommen, und zückte ein Stilett. Die Klinge schnappte hoch.

„Du bist ja besoffen, in fünf Sekunden mach ich dich fertig. Und das beste ist, kein Hahn wird nach dir krähen."

Tancredi wechselte die Flasche in die Linke, ohne Sinclair aus den Augen zu lassen. Diese Konfrontation wurde für Tancredi zu ernst, um noch an seiner Rolle als Hobo festhalten zu können. Mit gespreizten Beinen und pendelndem Oberkörper wartete er auf das Vorschnellen der Klinge, die im Mondschein blinkte.

Mit einem Räuspern trat Captain Smith aus dem Dunkel.

„Das ist genug. Lassen Sie ihn laufen, Sergeant. Das wird ihm eine Lehre sein."

Sinclair klappte das Stilett zusammen und steckte es ein. Tancredi ließ seine erhobene Rechte sinken, behielt aber den Flaschenhals in der Hand. Während er die Soldaten nicht aus den Augen ließ, ging er an ihnen langsam vorbei zur Uferpromenade. Sowie er sich umdrehte, hörte er Sinclair sagen: „Lass dich hier ja nicht mehr blicken!"

„Angenehme Nachtruhe!" rief Tancredi mit einem Blick über die Schulter. Flussabwärts trottend spürte er plötzlich, dass seine rechte Hüfte nass war und schmerzte. Sowie er den ersten Abfallkorb erreicht hatte, trennte er sich von seiner Waffe, drehte seine Manteltasche über dem Eimer um und klopfte die Glasscherben aus.

Als er den Zaun beim Westgate erreichte, bemerkte er Licht in den Fenstern der Guildhall. Rotbackige Stadträte hielten eine angeregte Sitzung. Tancredi kletterte über das Eisentor und ließ sich langsam auf den Gehsteig gleiten. Zwei Paare verließen in aufgekratzer Stimmung das *Café des Amis* gegenüber und gingen, Tancredi argwöhnisch musternd, an ihm vorbei. Im Licht der Restaurantfenster sah er, dass sein Mantel tropfte und er Blutflecken auf dem Gehsteig zurückließ. Er presste die Manteltasche gegen seine pochende Hüfte und schlug eine schnellere Gangart an.

Als Tancredi das Haus seiner Nachbarin passierte, sah er Fiona auf dem Sofa im Wohnzimmer sitzen, ein Weinglas in der Hand, die Augen auf den Fernseher nebem dem Fenster gerichtet. Sie zog nur selten die Vorhänge vor, aber diesmal wirkte ihre einsame Erscheinung seltsam ausgestellt. Heimgekehrt, verband er zuerst seine Wunde und läutete dann trotz der vorgerückten Stunde – es war schon halb elf – bei ihr an.

Samstag, 22. November

Tancredi wachte mit verklebten Augen auf. Er lag wie zerschlagen in seinem Bett. Mühsam schwang er die Beine über die Bettkante. Der Bluterguss auf seiner Hüfte, der wie ein Hof um die Schnittwunde lag, die er mit einem Heftpflaster versorgt hatte, war über Nacht noch größer geworden. Er stand auf, schlüpfte in seinen Morgenrock und stapfte vorsichtig die schmale Holzstiege zur Küche hinunter, um Laura zu füttern. Die unmotivierte Attacke Sinclairs hatte ihn alarmiert. Gedankenverloren knipste er den Wasserkessel an. Fiona hatte ihm nicht die Tür geöffnet, sein spätes Läuten wohl falsch ausgelegt.

Nach dem Frühstück – Laura hatte die Küche durch die Katzentür verlassen – nahm Tancredi eine Dusche und rasierte seine Bartstoppeln ab. Die Verkleidung hatte ihren Dienst getan.

Im Wohnzimmer nahm er die Computerausdrucke von Royles Führerschein und Schlüssel aus dem Aktenschrank und faltete sie, bevor er sie in seine Jacke steckte.

Draußen auf der Straße nieselte es. Tancredi spannte seinen Knirps auf. Als er zehn Minuten später Timpsons Schlüsselladen im Stadtzentrum betrat, stoppte der bärtige Angestellte die Schleifmaschine, drehte sich um und wischte seine Hände an der blauen Arbeitsschürze ab, auf der ein Namensschild mit der Aufschrift *Andy* steckte.

49

„Können Sie einen Schlüssel nach einem Foto anfertigen?"

„Ein Schlüssel kostet drei Pfund fünfzig, zwei kosten fünf."

Tancredi legte das Foto von Royles Schlüssel auf den Ladentisch und drehte es für Andy zurecht, der nun das Bild zögernd studierte.

„Ich brauche eine Kopie dieses Schlüssels", sagte Tancredi. „Es ist ein Timpson-Schlüssel."

„Das sehe ich, und die Nummer macht die Sache etwas leichter. Das Foto ist nicht schlecht - aber einen funktionierenden Schlüssel nach dieser Vorlage zu machen, ist nicht möglich."

„Warum?"

„Ich müsste das Relief des Schlüsselbartes sehen. Die Zacken liegen ja selten auf gleicher Ebene."

„Ich habe auch eine Seitenansicht des Schlüssels", sagte Tancredi.

„Ah, das hier."

„Ich hab es nicht eilig", sagte Tancredi. „Probieren Sie es doch."

„Selbst mit dieser – Seitenansicht, wie Sie sagen, ist die räumliche Anlage der Zacken nicht eindeutig festgelegt", meinte Andy.

Tancredi nahm eine Zwanzig-Pfund-Note aus seiner Geldtasche. „Hier ist das Geld für vier Varianten nach dieser Vorlage, ich komme Montag Nachmittag, ist das recht?"

„Aber ohne jede Garantie, dass die Schlüssel auch passen werden", sagte Andy entschieden.

Das Kaufhaus Bangels lag nur einen Katzensprung von Timpson's in der High Street, die an diesem Ende St. George's Parade hieß. Tancredi schob eine der zahlreichen Schwingtüren auf und befand sich damit auch schon in der Damenabteilung, die, wie der Rest des dreistöckigen Hauses, schon seit Wochen weihnachtlich dekoriert war. Bei Bangels legte man Wert auf Stil, Eleganz und Solidität, und die Farben Rot, Gold und Grün schienen diesen Effekt zu erzielen.

Hatten die Modepuppen im Parterre Oberkleidung getragen, so trugen sie im ersten Stock Unterwäsche.

Die Haushaltsartikel in der Abteilung namens *Home* waren gediegen und relativ teuer, dachte Tancredi. Als er eine Vase aufhob, um nach dem Preisschildchen zu sehen, hörte er eine Stimme neben sich.

„Machen Sie Weihnachtseinkäufe, oder sind Sie wegen mir gekommen?"

Er stellte die Vase ab und blickte auf. Jane Hudson wirkte in ihrem dunklen Kostüm, das Haar hochgesteckt, ganz professionell, fast etwas streng.

„Für Weihnachtsshopping ist es noch zu früh für mich."

Obwohl kaum Leute in der Nähe waren, senkte sie die Stimme. „Wie läuft alles, haben Sie schon Konkretes?"

Da sie langsam weiterging, zwang sie Tancredi, ihr zu folgen.

„Gestern Abend hab ich mich ziemlich ins Zeug gelegt, um den Lärmpegel im Park niedrig zu halten."
Sie lächelte, beinah belustigt. „Wir sind gestern Abend ausgegangen. Aber es stimmt, später nachts war alles ruhig."
Nach einer kurzen Pause sagte sie: „So – wann ist unser nächstes Treffen?"
Sie zupfte das Höschen einer Modepuppe zurecht, und bevor Tancredi antworten konnte, sagte sie: „Dienstag, wenn ich mich nicht irre. Ihren schriftlichen Bericht erwarte ich mit Interesse – "
Sie zögerte. „Warten Sie. Mein nächster freier Tag ist Montag. Wäre Ihnen Montag recht?"
Tancredi hatte kein Einwände, und sie vereinbarten ein Treffen in der St. Alphege's Hall.
„Sie haben nichts dagegen, wenn ich mich hier noch etwas umsehe?"
„Im Gegenteil, Mr. Tancredi, ich schätze Sie als Kunden."
Jane Hudson gab Tancredi die Hand. „Und sollten Sie einen Ladendieb bei der Arbeit sehen, führen Sie gleich selbst einen Arrest durch."
„Worauf Sie sich verlassen können, Mrs. Hudson."
Tancredi nahm den Lift, um im Parterre ein paar Lebensmittel einzukaufen. Er fand auch bald das Regal mit den Fertiggerichten, nach dem er gesucht hatte. Als er sich wenig später von der Stellage aufrichtete und einen Schritt zurücktrat, stieß sein Drahtkorb leicht gegen den Arm eines Mannes Ende zwanzig, einen Kunden ohne Tragekorb und Einkaufswagen,

der Tancredi bekannt vorkam.

Als Tancredi für seine Lebensmittel bezahlte, fiel ihm plötzlich ein, wo er den Kunden schon gesehen hatte: in der Whitehall Road, es war der Mann, der von seinem Wagen aus die Schwäne im Stour gefüttert hatte. Er deponierte die Tragetasche mit seinen Einkäufen bei der Kassiererin und ging schnell, nach ihm Ausschau haltend, durch alle Gänge der Lebensmittelabteilung, jedoch ohne Erfolg.

Der Mann konnte das Kaufhaus verlassen, oder sich in ein anderes Stockwerk begeben haben. Tancredi nahm den Lift zum zweiten Stock und betrat die Herrenabteilung. Hier war alles übersichtlicher, es gab auch weniger Kunden. Als er sich nach vergeblicher Suche ins Eckcafé *ReCup* begab, sah er ihn an einem der kleinen Tische sitzen, von wo man einen guten Ausblick auf die beiden Rolltreppen hatte, die den ersten mit dem zweiten Stockwerk verbanden.

Tancredi trat an die Bar und bestellte ein Kännchen Tee. Sowie er bezahlt hatte, ging er zum Tisch des Mannes.

„Ist hier noch frei", sagte Tancredi und stellte sein kleines Tablett ab.

Sein Gegenüber blickte irritiert auf, strich sich mit gespreizten Fingern nervös durchs dunkelbraune Haar und drehte sich demonstrativ zu den paar Tischen in der Ecke um, die unbesetzt waren.

Tancredi streckte seine Hand aus. „John Tancredi, von der Agentur Tancredi, ein Kollege."

Der Mann gab ihm zögernd die Hand. „Elmar Balmer. Was führt Sie zu mir?"

„Ich weiß, warum Sie heute hier sind und vorgestern in der Whitehall Road waren. Ihre Agentur hat Sie beauftragt, Jane Hudson zu beschatten."

Balmer blitzte ein Lächeln, das einen Mund voller regelmäßiger Zähne zeigte, um dann scheu auf seine Fingernägel zu blicken.

Tancredi goss Milch, dann Tee in seine Tasse. „Canterbury ist klein, Dinge sprechen sich herum. Jeder kann etwas Hilfe brauchen, besonders, wenn man einen neuen Teilzeitjob beginnt. Student, nehme ich an?"

Balmer nickte, sich auf die Lippe beißend.

„Schulden, zwischen neun und dreizehntausend Pfund?"

Balmer schob, den Kopf seitlich geneigt, resigniert die Unterlippe vor.

„Wie dem auch sei, die Aktivitäten der Jones Investigations und Ihr Auftrag gehen mich nichts an, und doch kann ich Ihnen helfen."

Er nahm den ersten Schluck und stellte, vergeblich auf Balmers Gegenfrage wartend, sich die Frage selbst: „Wie? Sehen Sie, ich arbeite fallweise hier, als Hausdetektiv, und habe eine gute Vorstellung, wer hier regelmäßig ein- und ausgeht. Wenn Sie mir sagen, wer der Kerl ist, der Chaos im Haushalt Hudson stiftet, dann melde ich mich bei Ihnen, sobald ich ihn hier oder anderswo sehe. Das kann Ihnen wertvolle Zeit sparen."

Balmer bekam einen Anflug von Farbe und trank

seine Tasse aus.

Tancredi beugte sich vor. „Haben Sie ein Foto von ihm?"

Balmer schüttelte den Kopf.

„Wie würden Sie ihn beschreiben?"

„Ich weiß nicht... schwer zu sagen."

Tancredi fühlte, dass er nachsetzen musste. „Wie heißt er?"

Balmer schien zuerst in einem Dilemma, rieb aber dann seine glattrasierten Wangen und sagte beinah erleichtert: „Peter Smith. Captain Peter Smith."

„Von der Kriegs- oder Handelsflotte?"

„Nein, von der Infanterie. Die Kaserne ist in der Sturry Road."

„Ausgezeichnet, Junge." Tancredi lehnte sich zurück. „Soll ich Jones oder Sie anrufen, sobald ich Smith hier oder anderswo sehe?"

„Mich natürlich", sagte Balmer und gab ihm seine Telefonnummer. „Wir könnten auch ein Treffen vereinbaren."

Tancredi war überrascht. „Umso besser, wann?"

„Sagen wir Sonntag in einer Woche?"

„Passt mir gut. Kommen Sie gegen drei in mein Büro in der Stour Street."

Balmer nickte, schrieb den Termin in seinen Taschenkalender und verabschiedete sich, nachdem ihm Tancredi seine Karte gegeben hatte.

Während Tancredi einen weiteren Schluck nahm, sah er, wie zwei junge Angestellte des Cafés selbst eine Pause machten.

Er nahm seine Tasse, ging zum Tisch der Mädchen und fragte, nachdem er sich als Security-Mann vorgestellt hatte, ob er sich zu ihnen setzen dürfe.

Vage kichernd stimmten die Mädchen, die Jill und Sarah hießen, zu. Tancredi stellte seine Tasse ab und entnahm der Innentasche seiner Jacke den Ausdruck mit Anthony Royles Foto, den er entfaltete und Jill überreichte.

„Habt ihr diesen Mann schon mal in Canterbury gesehen?"

Beide schüttelten nach einer Weile den Kopf.

„Stellt ihn euch mit längerem Haar und unrasiert vor."

Sarah nahm das Blatt nun ganz in ihre Hand. „Gut, mit Haaren bis zur Schulter und einem dunklen Bart, könnte ich das Gesicht schon mal gesehen haben. Ich weiß aber nicht, wo ich es hintun soll."

Als ihr Handy summte, gab sie Tancredi das Blatt zurück.

Er reichte beiden Mädchen seine Karte. „Sollte euch etwas zu diesem Foto, zu Anthony Royle einfallen, ruft mich zu jeder Zeit im Büro oder zuhause an. Bleibt alles unter uns."

Er stand auf, zwinkerte ihnen zu und bahnte sich einen Weg durch das nun voll besetzte Café. Erst beim Hinausgehen fiel ihm ein, dass er noch seine Einkäufe im Parterre abholen musste.

Sonntag, 23. November

Die Morgensonne schmolz im Vorgarten Tancredis nicht nur den Reif vom Gras, sondern schien auch warm ins Wohn- und Arbeitszimmer. Das Telefon läutete. Tancredi meldete sich, indem er seine Telefonnummer sagte.

„Sarah Morgan, von Bangels. Gestern haben Sie Jill und mir das Foto dieses vermissten Mannes gezeigt... Ich glaube, ich hab ihn schon mal gesehen."

„Gut. Wo war das?"

Er glaubte, etwas Getuschel zu hören. Sarah räusperte sich, doch Tancredi kam ihr zuvor.

„Ich kann mir vorstellen, wo Sie Royle gesehen haben. In der High Street, nehme ich an, wo er ab und zu Blockflöte gespielt hat. Beinah immer dieselbe Melodie und nicht einmal *die* bis zum Ende."

„Nicht nur dort", sagte Sarah. „Ich habe ihn auch einmal bei uns gesehen."

„Uns?"

„Ja, in Bangels."

„Wann war das?"

„Ich weiß nicht mehr, vor rund einem Jahr, es war extrem voll. Es könnte vor Weihnachten gewesen sein."

„Hat er eingekauft? Getränke?"

„Wenn er ein normaler Kunde gewesen wäre, hätte ich ihn wahscheinlich vergessen, trotz des Geruchs und seiner Abgerissenheit. Nein, er hat sich lautstark bei der Abteilungsleiterin beschwert."

„Und wer war das?"

„Mrs. Hudson", sagte sie. „Ja, er schien sehr aufgebracht."

Tancredi leckte seine trockenen Lippen.

„Das kommt doch öfter vor, dass sich ein Kunde beschwert."

„Ja, aber es ist selten, dass sich ein Tramp beschwert. Das war anders. Er fing furchtbar zu schimpfen an, wie einer dieser Psychos, die man hin und wieder bekommt."

„Und Sie glauben, dass es Royle war?"

„Ja, mit Bart und langen Haaren, der Typ auf dem Foto."

„Können Sie sich erinnern, worüber er sich beschwerte?"

„Nein, es ging ja alles so schnell, ich konnte nicht lang stehenbleiben, ich hatte andere Arbeit zu tun."

„Welche Arbeit?"

Sie seufzte ungeduldig. „Regale nachfüllen."

„Hat er etwas in der Hand gehalten? Ich meine die Ware, über die er sich beschwerte."

„Nein, soweit ich mich erinnern kann, hat er nichts bei sich gehabt. Er hat herumgefuchtelt, das weiß ich noch."

„Können Sie sich an ein einziges Wort von ihm erinnern?"

Sie schüttelte langsam den Kopf. „Fehlanzeige. Ist doch schon ein Jahr her. Kann sein, dass er geflucht hat. Er war jedenfalls unverschämt laut."

„Und wie hat Mrs. Hudson reagiert?"

„Professionell, ja. Aber sie war doch ziemlich aufgeregt, kein Wunder, beim Benehmen dieses Kerls."

„Und was passierte dann?"

„Nun, ein Hausdetektiv und sein Assistent kamen und eskortierten ihn hinaus."

„Hat er sich so ohneweiters hinauswerfen lassen?"

„Nein, er hat sich gewehrt."

„Haben Sie Royle später nochmals gesehen?"

„Nein, ich glaube nicht. Schon möglich, dass ich ihn in der High Street gesehen habe."

„Gut, das ist ein Anhaltspunkt. Vielen Dank für Ihren Anruf."

Tancredi ballte seine rechte Hand zur Faust, um sie auf den Handteller seiner Linken zu hauen.

Montag, 24. November

Die St. Alphege's Hall im Zentrum der Altstadt ist eine mittelalterliche, nun aufgelassene Kirche mit einem hölzernen Dachstuhl und in den Boden eingelassenen Grabsteinen.

Gegen ein Uhr betrat Tancredi das Gebäude, bestellte an der Cafébar eine Quiche und eine Tasse Tee, mit der er zu einem der spärlich besetzten Tische ging, die mit Wandschirmen vom Rest der Halle abgetrennt waren. Die dicken Kirchenmauern, der dunkelgrüne Filz auf dem Boden und das gedämpfte Licht schufen eine beruhigende Atmosphäre.

„Neunundzwanzig", rief eine weibliche Stimme im Hintergrund.

Tancredi blickte auf den numerierten Coupon in seiner Hand, stand auf und holte von der Bar sein Essen samt Besteck. Gerade als er sich an seinen Tisch setzte, klingelte die automatische Glocke an der Tür und Jane Hudson trat ein. Er winkte ihr kurz zu. Vor seinem Tisch streifte sie ihren Pelzmantel ab und warf ihn über eine Stuhllehne. Sie trug einen dunkelblauen Hosenanzug.

„Lassen Sie sich nur nicht beim Essen stören. Gibt es hier anständigen Kaffee?"

„Probieren Sie Lambert's. Übrigens, hier ist Selbstbedienung."

Sie ging zur Bar und kehrte bald mit ihrer Tasse zurück. Sie setzte sich, und er legte sein Besteck ab, um ihr seinen Zwischenbericht zu geben. Sie entfaltete das Blatt und las den Report mit zunehmendem Stirnrunzeln.

„Also Berichte scheinen nicht Ihre Stärke zu sein."

Froh, dass er mit dem Essen fertig war, wischte Tancredi seinen Mund mit der Serviette ab. Er ging nicht auf ihre Kritik ein.

„Das ist der Stand der Dinge. Jetzt mit der Überwachung der Unruhestifter aufzuhören, ohne ein konkretes Endergebnis, wäre unsinnig."

Sie streifte ihn mit einem Blick. „Diese Entscheidung müssen Sie schon mir überlassen."

Statt einer Antwort legte er ihr das Foto von Royles Führerschein vor.

„Kennen Sie den Mann?"

„Sein Name ist hier mit Anthony Royle angegeben, also könnte es der Mann sein, der im Stour umgekommen ist."

„Könnte?"

„Er sieht hier nämlich anders als in der Zeitung aus."

Tancredi war überzeugt, dass der Zeitungsausschnitt, den ihm Jane Hudson gegeben hatte, kein Foto enthalten hatte, sagte aber nichts.

„Man trifft nicht jeden Tag einen Tramp mit einem Führerschein in der Tasche. Ja, es scheint zwei Royles gegeben zu haben. Einen halbwegs integrierten, nüchternen – und den obdachlosen Trinker mit seiner Flöte. Haben Sie Royle je auf der Straße gesehen?"

„Es ist schon möglich, dass ich ihn ab und zu in der High Street betteln gesehen habe." Mrs. Hudson legte ihre gepflegte Hand auf die Tischkante.

„Sie gehen zu Fuß zur Arbeit?"

„Natürlich, wenn es das Wetter erlaubt. Es sind ja nur acht Minuten bis ins Geschäft."

„Haben Sie Royle je etwas gegeben?"

„Gegeben? Was meinen Sie?"

„Zum Beispiel ein paar Pennies in seine Mütze geworfen...?"

„Kann schon sein. Warum fragen Sie?"

Tancredi nahm einen Schluck Tee. „Ich habe starken Grund zur Annahme, dass Royle in Ihrem Kaufhaus war."

„Was ist schon dabei? Jeder Einwohner Canterburys betritt wenigstens einmal im Jahr Bangels."

„Eine erfreuliche Statistik", sagte Tancredi. „Ich weiß aus zuverlässiger Quelle, dass Royle sich vor rund einem Jahr bei Ihnen im Geschäft lautstark beschwert hat."

Jane Hudson nippte an ihrem Kaffee und schien vom Geschmack enttäuscht. „Täglich haben wir bis zu zehn Reklamationen. Da kann ich mich nicht an jede einzelne erinnern."

Sie warf einen Blick auf ihre Armbanduhr. „Ich habe nun einen Termin, Sie müssen mich entschuldigen."

Sie zog ihr Scheckbuch aus ihrer Handtasche und schrieb Tancredi einen Scheck über 375 Pfund aus, die zweite Hälfte seines Honorars.

„Die Nachtruhe in den Westgate Gardens haben Sie ja momentan tatsächlich wiederhergestellt. Sie wird aber andauern müssen..."

Tancredi faltete den Scheck und steckte ihn ein.

„Natürlich. Ich erledige Aufträge gerne ganz."

Sie stand auf und schlüpfte flink in ihren Mantel.

„Solange Sie nicht vergessen, dass *ich* Ihnen den Auftrag gegeben habe. Und dass Sie in *meinem* Dienst stehen."

Jane Hudson drehte sich um und verließ grußlos die Halle. Tancredi zog seinen Anorak an und trug das gebrauchte Geschirr zur Cafébar. Auch die Tasse seiner Klientin.

Dienstag, 25.November

Die Sonne schien an diesem Morgen, keine einzige
Wolke stand am blassblauen Himmel, es war kalt.
Tancredi schloss seine Haustür, zog den Reißver-
schluss seines gefütterten Anoraks bis zum Kinn
hoch, bevor er seine schwarze Wollmütze aufsetzte.
Die noch tiefstehende Sonne tauchte Fußgänger und
Fahrzeuge in der High Street in ein goldenes Licht.
Etwas alarmierte Tancredi plötzlich, seinen forschen
Schritt zu verlangsamen. Er hielt die Hand über die
Augen, um besser sehen zu können. Er begriff: die
Frau vor ihm, im Pelzmantel und halbhohen Stö-
ckelschuhen, musste Jane Hudson sein. Er ließ sich
zurückfallen, behielt sie aber im Auge. Sie überquerte die Kreuzung St. Georges Parade – Rose
Lane und ging geradeaus weiter, bis sie das Kaufhaus Bangels erreichte, das sie durch eine der
Schwingtüren betrat.
In der Rose Lane betrat Tancredi Timpson's Laden.
Andy gab ihm nicht viel Hoffnung, dass die Schlüs-
sel-Kopien auch ins vorgesehene Schloss passen
würden. Bevor er sie Tancredi überreichte, rieb er
sie noch mit einem weichminigen Bleistift ab. Graphit mache das spröde neue Metall schlüpfriger, be-
hauptete er. Tancredi bedankte sich, verließ das Geschäft und kehrte in die High Street zurück, nun
hatte er die Sonne im Rücken. Er ging zum vikto-
rianischen Gebäude des Beaney-Instituts, in dem die
Stadtbücherei lag. Dort ließ er sich die Ausgabe der

Kentish Gazette vom 30. Oktober geben, in der der Artikel über Royle stand.

In der Nummer war kein Foto des Verunglückten abgedruckt. Es gab nur noch eine andere lokale Zeitung, in der etwas über Royle stehen konnte, die Adscene. Tancredi bat den Bibliothekar auch um die entsprechende Ausgabe dieser Zeitung, die jeden Freitag erschien. Der redaktionelle Teil der Adscene, ein reines Werbeblatt, war viel kleiner als der der Gazette, und so war es keine Überraschung für ihn, dass der Todesfall darin gar nicht erwähnt war.

Mit einem abwesenden Lächeln trat Tancredi ins Freie.

Vor dem wuchtigen Westgate überquerte er die Straße und sprang auf den Gehsteig vor der Guildhall. Er dachte daran, wie seine Klientin ihren Arbeitsweg beschrieben hatte. Es konnte nicht schaden, sagte sich Tancredi, diese Route selbst nachzugehen. Das schwarze Gittertor stand offen, er trat in die Westgate Gardens ein. In den nun kahlen, im Schatten liegenden Blumenbeeten befanden sich noch Spuren von Reif auf der umgepflügten Erde. Er überquerte auf dem erstbesten Steg den Fluss und ging am Ufer die Ziegelmauer entlang, die ihn in die Whitehall Road entließ. Während er langsam auf das Haus seiner Klientin zuging, fragte er sich, seit wann Trevor Hudson seine eigene Frau durch Balmer beschatten ließ.

Irgendetwas, das ihm weiterhelfen könnte, die Aktivitäten dieses Paars gründlicher zu beleuchten, musste in ihrem Haus zu finden sein. Er blickte sich um, niemand schien ihn zu beobachten. Vom Rheims Way drang das gleichmäßige Brausen des Umfahrungsverkehrs wie ruhige, eintönige Hintergrundmusik.

Er trat an die Haustür, im Haus schien alles still. Von seinem Schlüsselbund nahm er den Spezialschlüssel, der den Großteil aller Yale-Schlösser aufsperrte, und ließ ihn vorsichtig ins Schloss gleiten. Eine versuchte leichte Drehung nach links, das Schloss gab nicht nach. Nicht weit von ihm wurde ein Fahrrad angehalten. Tancredi blickte über seine rechte Schulter, sah eine Briefträgerin ans Nachbarhaus treten und ein Bündel von Briefen sortieren. Nun einfach weiterzugehen, wäre auffälliges Verhalten gewesen: er musste weitermachen. Er nahm die vier neuen Timpson-Schlüssel, die an einem Drahtring hingen, aus der Tasche seines Anoraks. Der erste ging, wie er erwartet hatte, gar nicht ins Schloss. Die Briefträgerin lehnte das Fahrrad ans Mäuerchen des Vorgartens und näherte sich ihm, als er den zweiten Schlüssel probierte. Vergeblich probierte. Kopfschüttelnd drehte sich Tancredi um.

„Der neue Schlüssel sperrt einfach noch nicht."

Er streckte, wie es ein Hausbewohner gemacht hätte, die Hand nach der Post aus, um der lächelndenen Beamtin das Einwerfen zu ersparen, und erhielt von ihr ein schmales Bündel an Briefen.

„Ich sollte etwas Graphit verwenden, um ihn geschmeidiger zu machen. Das Problem ist nur, der Bleistift ist *im* Haus! Mir bleibt nur mehr der Aufsperrdienst."

Die Brieftägerin schien seine Verzweiflung zu verstehen und ging lächelnd, mit hüpfendem Pferdeschwanz, zurück zu ihrem Fahrrad, das sie weiterschob.

Tancredi hatte mit den Briefen bereits mehr, als er von seinem Besuch erhoffen durfte, und doch konnte er nicht einfach weggehen. Vom linken Nachbarhaus fing er den Blick der Briefträgerin auf, gerade als er für sie sein Handy aus der Hosentasche fischte. Er erschrak, denn aus dem Hausinnern drang nun das leise Summen eines Staubsaugers.

Tancredi steckte die Briefe in die Innentasche seiner Jacke, tippte eine Nummer ein, drehte sich um und trat auf den Gehsteig.

Das Handy am Ohr, ging er mäßig schnell in Richtung St. Dunstans Street. Sein Rücken brannte fast in Erwartung aller möglichen Proteste, aber nichts rührte sich hinter ihm. Erst als Tancredi die Roper Road erreicht und sich überzeugt hatte, dass ihm niemand gefolgt war, beruhigte er sich.

Mittwoch, 26. November

Es war ein nebliger, kühler Morgen. Tancredi bog, einem Nachbarn zunickend, der seine Kinder in sein Auto verfrachtete, rechts in die Mandeville Road ein. Sein Ziel war der Dom, der im Zentrum der Altstadt liegt. Dieser Weg führte ihn zum privaten Pensionistenhaus am Stour, wo man Royle gefunden hatte. Alles Schwemmgut, das den nördlichen Arm des Flusses herunterkam, wurde hier von einem eisernen Flussrechen aufgefangen. Auch jetzt staute sich ein Geflecht von Zweigen, Ästen und Milchkartons am Gitter.

Die Krypta des Doms war ein seltsamer Ort, um Captain Peter Smith zu treffen, aber das war der Vorschlag des Offiziers gewesen, den er schließlich akzeptiert hatte.

Obwohl es erst halb zehn Uhr war, hatte sich bereits eine Gruppe französischer Schüler beim Haupteingang zum Kathedralenkomplex versammelt. Der Eintritt war nur für Stadtbewohner gratis. Tancredi zückte seine Einheimischenkarte und wurde von einem der beiden Beamten beim Tor eingelassen.

Der Weg zur Gruftkirche führte zu einem Seitenaltar des Doms, vor dem der Erzbischof Thomas Becket im Jahr 1170 von vier König Henry II. nahestehenden Rittern ermordet wurde.

Tancredi lief die Treppe zur Krypta hinunter, in der alles in einem warmen Halbdunkel lag. Mildes Kerzenlicht beleuchtete niedere Säulengänge, einen

Altar und mehrere Reihen von Holzstühlen. Tancredi hörte ein Geräusch hinter sich und drehte sich um. Captain Smith hatte die Krypta betreten und blickte sich mit zusammengekniffenen Augen suchend um. Tancredi ging ihm entgegen und reichte ihm zuerst seine Karte, bevor er ihn zu einer Stuhlreihe führte, wo sie ungestört von Touristen waren. Sie setzten sich.

„Sie sehen ganz wie Tom aus, der Mann, den wir Freitag Abend beim Manöver in den Westgate Gardens zum Tee eingeladen haben", sagte Smith mit gedämpfter Stimme.

„Tom steht nicht auf der Karte", flüsterte Tancredi.

„Das muss Ihr Mittelname sein. Ich möchte mich gleich für Sergeant Sinclair entschuldigen. Er hat mir gesagt, Sie hätten ihn provoziert."

Tancredi lachte leise auf.

„Tut mir leid. Ich habe ja dann noch das Ärgste verhindern können", sagte Smith. „Aber ganz unschuldig am Vorfall waren Sie auch nicht. Uns in Ihrer Verkleidung zum Narren zu halten... Also, warum wollen Sie mich sprechen?"

„Wo waren Sie am Sonntag, den 26. Oktober abends, also genau vor einem Monat?"

„Warum fragen Sie mich?"

„Das war der letzte Abend des Obdachlosen Anthony Royle, bevor er am nächsten Morgen tot im Stour aufgefunden wurde."

Smith räusperte seine Kehle frei. „Ja, alles gut und recht, aber was habe ich mit dem – sicherlich bedauerlichen – Ableben eines Tramps zu schaffen?"

„Sie haben einen Teil der Westgate Gardens für militärische Übungen benützt, gerade dort, wo sich Tony Royle mit Gleichgesinnten oft abends traf. Nun denke ich, Sie könnten etwas gehört oder gesehen haben, das mir weiterhilft, die Gründe für seinen Tod zu finden."

Smith blickte auf seine Hände. „Es stimmt. Wir haben immer wieder Lärm von den Saufbrüdern gehört, die sich auf dem Gehsteig unter der Autobrücke trafen. Aber die waren von uns durch einen Zaun getrennt."

„Den man umgehen kann", ergänzte Tancredi. „Wie ich es Ihnen gezeigt habe, als ich zu Ihrem Zelt gekommen bin."

„Aber Sie waren nicht betrunken."

„Noch nicht."

Smith schien plötzlich an Tancredi interessiert. „Ah, deshalb Ihre Maskerade, um die Hobos auszuhorchen..."

Tancredi lächelte vage. „Also wo waren Sie am Abend des 26. Oktober, einem Sonntag?"

„Kann mich bei bestem Willen nicht erinnern. Da müsste ich in meinem Kalender nachsehen."

Er klopfte die Taschen seines grünen Parkas ab, brachte aber nur ein Taschenmesser zum Vorschein. Mit einer kurzen schmalen Klinge begann er wie geistesabwesend unter dem Nagel seines linken Zeigefingers zu schaben.

„Und wie geht es Sergeant Sinclair?" fragte Tancredi. „Sind noch weitere Übungen in den Westgate Gardens geplant?"

„Nein, die sind zu Ende. Sinclair wird nächsten Montag in den Irak, nach Basra, fliegen."

Smith klappte das Taschenmesser zusammen und steckte es ein.

„Dieses nächtliche Training im Park hat also stattgefunden, um ihn auf den Einsatz im Irak vorzubereiten?"

„Ja, das könnte man sagen. Sie sind doch hoffentlich kein Journalist, zu Ihrem Teilzeit-Job als Schnüffler?"

Tancredi winkte ab.

Smith sagte: „Sinclair brennt darauf, in eine richtige Kampfsituation zu kommen."

„Das Gefühl habe ich auch gehabt."

Die Gruppe französischer Studenten, die Tancredi früher gesehen hatte, betrat die Krypta, zerstreute sich in all den dunklen Nischen und Winkeln, um sich wieder zu sammeln, als sich ihr Lehrer einfand.

Der Captain blickte auf seine Armbanduhr. „Gibt es sonst noch etwas, das Sie wissen möchten?"

Tancredi fixierte Smith. „Kennen Sie Mrs. Jane Hudson?"

Der Captain blinzelte überrascht und lehnte sich in seinem Stuhl zurück. „Moment, Hudson, der Name sagt mir was. Ein Clive Hudson ist in unserem Regiment. Jane Hudson, ist sie seine Mutter?"

Tancredi zuckte die Achseln. „Könnte der Fall sein, da wir ja schon 16-Jährige in der Armee anstellen.

Nein, ich meine Mrs. Jane Hudson vom Kaufhaus Bangels, Abteilungsleiterin."

„Möglich, dass ich geschäftlich einmal mit ihr zu tun hatte, in Bezug auf Einkäufe für unsere Kaserne." Er stand auf und zog den Reißverschluss seines Parkas zu.

Tancredi erhob sich lächelnd. „Ich erwarte Sie und Sergeant David Sinclair zu einer Aussprache in meinem Büro, kommenden Sonntag um drei. Bis dahin werden Sie vermutlich in Erfahrung bringen können, was Sie am Abend des 26. Oktober gemacht haben. Sollte einer von Ihnen nicht erscheinen, übergebe ich den Fall der Kent Police."

Smiths Kaumuskeln begannen zu arbeiten, er senkte den Blick und ging grußlos zum Ausgang.

Zwei Minuten später verließ auch Tancredi die Krypta durch einen Seitenausgang des Doms, wo zu seiner Überraschung Teddybäre mit Bischofsmützen verkauft wurden.

Als Tancredi gegen Mittag die Tür des Limelight mit einem Klingeln öffnete, blickte Nikkie lächelnd vom Kopf einer Kundin auf. Sie lud ihn ein, zu einem Haarschnitt zu kommen, sobald er frei sei. Ein paar Termine seien abgesagt worden, sie habe heute Zeit. Tancredi nickte ihr dankbar zu.

Im Stiegenhaus fand er drei an ihn adressierte Briefe, aber nichts Handschriftliches darunter.

Im Büro drehte er die Lamellen seiner Jalousien so, dass sie ein Maximum an Licht einließen, und startete den Computer.

Während er das Ritual einander sich ablösender An-lauf-Programme auf dem Bildschirm zerstreut über sich ergehen ließ, hörte er die Nachrichten auf dem Anrufbeantworter an. Er sprang von den ersten beiden zur dritten, ließ das Band aber laufen, als er die Stimme Jim Halls vernahm.

„Hello John, hier Jim. Bezüglich deiner Anfrage wegen Anthony Royle. Geboren 4. Juli 1966, Nord London, Islington, als Anthony Tyler. Ändert seinen Namen am 12. Mai 85 auf Anthony Royle. Der Grund: die Annahme des Namens seines natürlichen Vaters Roderick George Royle, geboren 8. 3. 45 in Manchester. Soweit, so gut, alter Junge. Bis später."

Tancredi hieb mit der flachen Hand auf den Schreibtisch, dass es klatschte. Plötzlich fiel ihm Royles Führerschein ein. Er nahm den Ausdruck aus der Brusttasche seines Anoraks und las den komplizierten Kode darauf: ROYL607046A96TY19. Das Kürzel *TY*, das sich auf Royles früheren Namen bezog, war die Bestätigung von Halls Mitteilung.

Er griff nach dem Telefon, wählte die Nummer des Salons und erfuhr, dass Nikkie in zwei Minuten frei sein werde. Er sperrte das Büro ab und trabte beschwingt die knarzende Stiege hinunter.

Liz, seine Hausherrin, nickte ihm freundlich von der Kochnische des Salons zu: sie machte Kaffeepause. Tancredi drehte sich um, und da war auch schon Nikkie, die sich ihre absichtlich unregelmäßig geschnittenen, blond getönten Fransen aus der Stirn strich.

„Haarwäsche gefällig?"

„Zur Feier des Tages."

Er setzte sich auf den vorbereiteten Stuhl und lehnte sich nach hinten. Nikkie richtete den lauwarmen Strahl der Handbrause auf seinen Kopf. Vom Radio im Hintergrund tönte leise rhythmische Soulmusik.

„Sie sehen heute sehr zufrieden aus", sagte sie.

„Habe allen Grund dazu."

„Ihr neuer Fall?"

Tancredi leckte seine Lippen. „Ja, auch. Würden Sie sagen, Tyler ist ein häufiger Name?"

„Nicht gerade häufig, aber auch nicht sehr selten. Da gibt es das Dorf Tyler Hill..."

„Ich weiß."

Nikkie massierte das Shampoon in Tancredis Kopfhaut ein. „Warum fragen Sie?"

„Der Mädchenname meiner jetzigen Klientin ist Tyler, und das männliche Opfer des Verkehrsunfalls, den ich momentan für sie untersuche, ist ebenfalls Tyler."

Nach einer Pause sagte Nikkie, ohne von ihrer Arbeit aufzublicken: „Es ist entweder Zufall, oder sie möchte herausfinden, ob Fremdverschulden beim Unfall ihres Bruders vorliegt."

„Ihres Bruders", wiederholte Tancredi leise.

Sie spülte sein Haar.

„Da ist nur ein Problem", sagte Tancredi, „Meine Klientin scheint ihren Verwandten nicht zu kennen."

Nikkie frottierte sein Haar mit einem Tuch, bevor

sie ihn zu einem der großen Friseurstühle führte. Tancredi setzte sich. Sie trat hinter ihn, band ihm ein Plastikcape um, kämmte sein Haar flüchtig und begann sofort, mit der Schere daran zu schnipseln. „Aber ist das wichtig? Ob sich die beiden mögen oder nicht, wird Ihnen doch nicht helfen, herauszufinden, ob Tyler schuld am Unfall war, oder die andere Partei."

Tancredi spürte den leichten, rein arbeitsbedingten Druck ihrer Hüfte angenehm an seiner Schulter. „Sie haben absolut recht."

„War es ein Zusammenstoß?"

„Ja, mit tödlichem Ausgang."

Nikkie sah Tancredi von der Seite an. „Gibt es einen Polizeibericht?"

„Natürlich. Und der besagt, dass Eigenverschulden durch überhöhte Geschwindigkeit vorliegt, was meine Klientin bezweifelt."

„Gab es Unfallszeugen?"

„Im offiziellen Bericht waren keine erwähnt."

„Was ist mit der anderen Partei?"

„Der andere Fahrer streitet ein Mitverschulden ganz und gar ab. Er behauptet, dass Tyler in einer leichten Kurve – der Straße nach Whitstable – direkt auf ihn zukam, er zwar ausweichen konnte, aber nicht zur Gänze, weil er sonst an einen Randstein gefahren wäre."

Nikkie steckte die Trimm-Maschine an, um an seinem Nacken zu arbeiten. „Gab es Bremsspuren?"

„Natürlich. Aber Sie haben recht, die könnte ich

nochmals nachmessen. Nach vier Wochen sollten sie noch sichtbar sein. Hoffen wir nur, dass keine neuen dazugekommen sind."

„Wurde der andere Fahrer verletzt?"

„Kaum der Rede wert, weil die beiden Wagen nur seitlich aneinanderprallten. Weil er relativ langsam fuhr, konnte er das Ärgste vermeiden. Tyler flog allerdings von der Straße und krachte gegen einen Telefonmasten."

„Armer Teufel", sagte sie, die Linie seiner kurzen Koteletten begradigend.

Tancredi blickte auf. Sie hielt ihm nun den Handspiegel so, dass er auch seinen Hinterkopf sehen konnte.

„Prima, Nikkie, sehr gute Arbeit."

Schmunzelnd nahm sie ihm das Cape ab, um die Haarschnipsel abzuschütteln. „Dass Mrs. Tyler ihrem Bruder nachträglich zu seinem Recht verhelfen will, zeigt doch, dass sie ihm verbunden ist."

Er tätschelte flüchtig ihren Arm. „Mag schon sein. Nur ist er leider nicht mehr am Leben, um sich an der Anteilnahme freuen zu können."

Mittwoch, 26. November

Nach einem schnellen Bier an der Theke verließ
Tancredi das beinah leere *Unicorn* Pub. Er wartete
auf dem Gehsteig, um die Straße überqueren zu
können. Der Strom von Autos auf der St. Dunstans
Street wollte nicht abreißen, erst das durchdringende
Alarmgeklingel des sich rasch senkenden Eisen-
bahnschrankens stoppte die Wagenflut.
Er würde nach London fahren müssen, um Royles
natürlichen Vater, dessen Adresse er am Nachmittag
vom City-Registrar bekommen hatte, interviewen zu
können. Er hatte vergeblich versucht, ihn telefonisch
zu erreichen. Royles Eltern waren, wie ihm der Re-
gistrar ebenfalls erklärte, bei einem Busunfall 1999
in Portugal ums Leben gekommen. Da Roderick
George Royle das amtliche Schreiben, in dem er
vom Tod Anthonys informiert wurde, nicht innerhalb von drei Wochen beantwortet hatte, waren die
sterblichen Überreste seines Sohns im Krematorium
in Barham ohne Zeremonie beigesetzt worden.
Tancredi beschloss, die Sache Hudson am Abend
ruhen zu lassen und Feierabend zu machen. In der
Stadtbücherei hatte er das DVD ‚Der Planet der Af-
fen' ausgeliehen. Als er in die Beverley Road einbog, fragte er sich, ob er Fiona einladen sollte, den
Film anzusehen, aber ein schneller Blick in ihr
Wohnzimmer zeigte ihm, dass sie sehr mit ihren
Kindern beschäftigt war.
Nachdem er seine Haustür aufgesperrt und das Licht

angeknipst hatte, hob er ein paar Briefe vom Boden auf: nichts Interessantes war darunter. Bevor er die Tür schloss, sah er nach, ob Laura auf den Gehsteig hinausgelaufen war, weil sie nicht im Gang war. Er fand sie erst unter seinem Schreibtisch im Wohnzimmer. Das war unüblich. Gewöhnlich war sie abends immer hungrig. Einer der Nachbarn musste sie gefüttert haben.

Als sie ihm in die Küche folgte, merkte Tancredi, dass sie leicht hinkte. Es war das linke Vorderbein, das ihr offenbar Probleme machte. Irritiert peitschte ihr Schwanz hin und her. Tancredi nahm eine Dose Katzenfutter aus dem Kühlschrank und löffelte es auf ihren Fressnapf. Dass sie, wenn auch vorsichtig, zu fressen begann, beruhigte ihn. Plötzlich wurde es dunkel.

Laura fraß in Ruhe weiter. Stromausfall, dachte Tancredi. Er presste sein Ohr an die Küchenwand und konnte deutlich die Stimme eines Nachrichtensprechers nebenan hören. Es gab also Strom bei Fiona. Er ließ das Rouleau des Küchenfensters hochschnappen. Ringsum sah er beleuchtete Fenster. Als er auf die Klinke der Gartentür drückte, ging sie auf, und ein kühler Windstoß wehte welkes Laub in die Küche. Er musste am Morgen vergessen haben, sie abzusperren.

Auf dem Weg zum Sicherungskasten im Gang explodierte weißglühend ein Schlag auf seinem Kopf, er sank auf die Knie. Bevor er noch denken konnte, legten sich von hinten zwei Hände um seinen Hals und drückten mit aller Kraft gegen seinen Kehlkopf. Mit wogender Übelkeit im Magen stand Tancredi schwankend auf, langte hinter sich und umfasste mit einem Judogriff die Handgelenke seines Gegners. Er machte einen schnellen Ausfallsschritt schräg nach hinten. Zugleich mit dem Knacken eines Daumenknochens hörte er einen tierischen Aufschrei. Das Knäuel von vier Händen fiel auseinander – Tancredi rammte mit aller Kraft seinen linken Ellbogen in die Magengrube seines Gegners, der sich mit einem Stöhnen einkrümmte, nach vorn stolperte, den Gang entlanglief, die Haustür aufriss und nach links wegrannte.

Nach Atem ringend trat Tancredi auf den Gehsteig hinaus und sah gerade noch eine Bewegung an der Kreuzung Mandeville Road. An eine Verfolgung war in seinem Zustand nicht zu denken. Zitternd, mit kaltem Schweiß auf der Stirn schaffte er es, die Tür zuzusperren, bevor ihn eine neue Woge von Übelkeit übermannte. Er hockte sich auf den Boden. Dem Fußboden näher, fühlte er sich wohler. Er stellte den Stromschalter von 0 auf 1, es wurde Licht.

Auf den Knien kroch er ins Halbdunkel des Wohnzimmers, wälzte sich auf das Sofa und wickelte sich in eine Wolldecke ein. Vorsichtig tastete er nach der Beule mit den blutverschmierten Haaren auf seinem Kopf. Er sah, wie sich Laura in der Küche, nun gesättigt, putzte. Sie trottete ins Wohnzimmer, sprang aufs Sofa und rollte sich in der Kluft zwischen Tancredi und der Lehne ein.

Er wusste, dass er eine Gehirnerschütterung hatte und absolute Ruhe brauchte. Aber Schlaf wollte sich nicht einstellen. Nach eineinhalb Stunden Dösens stand er vorsichtig auf und trank in der Küche ein Glas Wasser. Machte er eine Bewegung mit dem Kopf, wurde ihm sofort übel. Langsam stieg er in den ersten Stock, ging in sein Schlafzimmer, zog sich aus, legte seine geladene und entsicherte Browning auf das Nachtkästchen und sich selbst ins Bett.

Donnerstag, 27. November

Tancredi schlief mit Unterbrechungen bis neun Uhr morgens. Der gleichmäßige Druck in seinem Kopf erinnerte ihn an den Angriff vom Vortag und die Behandlung, die er sich verschrieben hatte. Auf dem Weg in die Küche wurde ihm klar, dass er zuhause bleiben musste, obwohl viel zu tun gewesen wäre. Nachdem er Laura gefüttert hatte, machte er sich einen Teller Porridge und eine Kanne Schwarztee, die er auf einem Tablett nach oben trug.

Auf der Stiege fühlte er, dass er nicht nur den Tee auf dem Brett balanzierte, sondern auch sein Gehirn in seinem Kopf. Wieder im Bett, wurde ihm besser. Er drehte das kleine Radio auf dem Nachtkästchen auf, um etwas klassische Musik zu hören, doch seine Gedanken kehrten unwillkürlich zur Attacke im

Hausgang und zu Sarahs Aussage zurück.
Royles angebliche Beschwerde im Kaufhaus Bangels vor einem Jahr gewann, falls Jane Hudson tatsächlich seine Schwester war, nun einen anderen Stellenwert. Es konnte eine persönliche Auseinandersetzung zwischen Geschwistern gewesen sein, eine Art Familienkrach.

Diese Idee und die Überzeugung, dass er die Täterspuren im eigenen Haus sichern musste, trieben Tancredi aus dem Bett.

Mögliche fremde Fingerabdrücke auf dem Stromschalter, sowie der Klinke der Gartentür, hatte er sicherlich schon verwischt. Im Hausgang richtetete er den Schuhständer, der während des Kampfs umgefallen war, auf und stellte seine Schuhe darauf.

Aber wo war das gerahmte Landschaftsbild?

Es war hinter den flachen Heizkörper im Gang abgesackt, und daneben lag ein längliches schwarzes Objekt. Es war sein alter Knüttel, den er bei seinem vorzeitigen Abschied von der Kent Police nicht zurückgeben hatte müssen, weil seine Exkollegen mit einem neuen amerikanischen Modell ausgerüstet wurden. Er ließ die Tatwaffe unberührt, da er keine Fingerabdrücke verlieren wollte.

Im Wohnzimmer nahm Tancredi aus einer Schreibtischlade, die er mit seinem Ellbogen öffnete, weiße, dünne Baumwollhandschuhe und zog sie an. In den restlichen zwei Schubladen, in denen er Büromaterial und Rechnungen aufbewahrte, schien nichts zu fehlen, sah man vom Knüttel ab. Beinah schmerzlich fielen ihm die Hudson-Briefe ein. Er sperrte den metallenen Aktenschrank, in dem er Dokumente aufbewahrte, auf und zog die erste Lade soweit heraus, dass er in die ersten beiden Hakenordner einsehen konnte. Nach etwas Suchen fand er die fünf weißen Briefe, und er atmete erleichtert auf.

Zwei Kuverts waren an Dr. Trevor Hudson, zwei an Jane Hudson und eines an beide adressiert. Er ging mit den Briefen in sein Schlafzimmer zurück und legte sich aufs Bett.

Der erste Brief, an Mrs. Jane Hudson gerichtet, ein Geschäftsbrief, war ein Kontoauszug ihrer Bank, der Lloyds TSB, die Filialen in ganz Großbritannien hatte. Er war mit 24. November 2003 datiert und zeigte alle Kontobewegungen vom 14. Oktober bis 14. November an. Das erste, was Tancredi darin auffiel, war die Tatsache, dass ihre Branche mit UPPER ST. ISLINGTON angegeben war, sie also dieses Konto im Nordlondoner Stadtteil Islington eröffnet hatte. Ihr Überziehungslimit war mit hundert Pfund angegeben: das bedeutete, dass sie eine Debitkarte für Einkäufe verwendete.

Ihr Kontostand am 14. Oktober 2003 war 3145,27 Pfund, und der vom 14. November 2728,91 Pfund. Ihre häufigsten Einkäufe hatte sie in Bangels gemacht, in der sie wahrscheinlich Diskont bekam. Dann folgten Einkäufe im Wholefoodladen, im teuren italienischen Restaurant PAPA MIO, im Buchladen Waterstone's, und im Flower Studio, einem extravaganten Blumengeschäft. Nun stieß Tancredi auf einen Eintrag, den er zuerst nicht ausmachen konnte: *Euflight EZ73CA* und daneben £120.86. Als er den Kontoeingang vom 31. Oktober von 2204,12 Pfund, wahrscheinlich ihrem Gehalt als Abteilungsleiterin bei Bangels, fand, fiel ihm ein, dass Euflight eine neue Billigfluglinie war, deren Heimflughafen Manston war, der eine halbe Fahrstunde östlich von Canterbury, in Thanet, lag.

Tancredi griff nach seinem Handy und einem Kugelschreiber. Er rief zuerst die Auskunft der Telecom an, um die Nummer von Euflight zu bekommen und dann das Büro der Fluglinie selbst.

„Ich habe einen Flug für Mrs. Hudson bei Ihnen gebucht, kann mich aber nicht mehr an die genaue Abflugzeit erinnern."

„Ihre Buchungsnummer?"

„Mein Buchungskode ist EZ7 3CA."

„Moment... Ihr Flug nach Edinburgh ist bereits am Samstag, 1. November um 6 Uhr 30 erfolgt."

„Natürlich. Ein Retourflug für 120 Pfund, das muss für zwei Personen gewesen sein. Wer war gleich der zweite Reisende?"

„Mr. Peter Smith."

„Ach ja, genau. Besten Dank auch."

Tancredi legte das Handy beiseite und machte Notizen. Eine etablierte Fluglinie wäre sicherlich knausriger mit ihren Auskünften gewesen.

Der zweite Brief, ein Geschäftsbrief, war an Trevor Hudson gerichtet.

Alvin Wycombe BSc (Hons)
15a Kennington Road
Ashford
Kent TN23 5BP

Ihr Schreiben vom 17. 10. 2003
Sehr geehrter Herr Dr. Hudson,
Entschuldigen Sie bitte, dass wir diesen Brief an
Ihre Privatadresse richten und nicht an Ihre Firmen-
adresse in Sandwich. Der Grund dafür ist, dass unser
Schreiben in der Flut anderer Briefe, die Sie in Ihrer
Firma erhalten, untergehen könnte.
So sehr wir die Tatsache schätzen, dass Sie unseren
Brief vom 11. 10. 2003 beantwortet haben, bitten
wir Sie doch, zu bestätigen, dass Ihre darin enthal-
tene Absage bezüglich unserer Vorschläge zur gen-
modifizierten Entwicklung eines auch im Dunkeln
leuchtenden Goldfischs nur vorläufiger Natur war.
Erlauben Sie uns, zu unseren bereits detaillierten
Vorschlägen in unserem ersten Brief noch Folgen-
des hinzuzufügen. Unsere jüngsten Recherchen haben zweifelsfrei ergeben:
1)dass der Goldfisch das beliebteste Haustier briti-
scher Kinder im Alter von 8 bis 14 Jahren ist, also in
der allgemeinen Zuneigungsskala noch vor Hund
und Katze liegt.
2)dass die geplante farbliche Verstärkung des Fischs
diese Vorliebe noch vergrößern würde.
Wir haben das Gen des besagten phosphoreszieren-

den Tiefseefischs in unserem Labor bereits isoliert und arbeiten noch an einer erfolgreichen Injektion dieses Gens in ein Goldfischei, die täglich erfolgen kann.

Sollte Ihre Firma uns also ein niedrig verzinstes Darlehen in der genannten Höhe gewähren, damit wir unsere beinah vollendete Arbeit abschließen und das Patent weltweit anmelden können, räumen wir Ihnen hiermit ein Vorkaufsrecht auf den exklusiven globalen Vertrieb unseres einzigartigen Produkts ein.

Sagen Sie jetzt weder ja noch nein; überschlafen Sie unser erneutes Angebot, bevor Sie uns unter Nummer 0777894576 anrufen. Bedenken Sie aber: die Konkurrenz schläft nicht.

Mit vorzüglicher Hochachtung,
Ihr *Alvin Wycombe*
(eigenhändig)

Tancredi fand die Telefonnummer von Seltzer, die pharmazeutische Firma, bei der Trevor Hudson arbeitete, in den Gelben Seiten. Er gelangte nach mehreren Versuchen auch zu dessen Sekretärin, die ihm den 28. 11., 14 Uhr als möglichen Termin nannte, aber keine Garantie geben wollte, ob er Dr. Hudson auch tatsächlich sprechen könne.

Der dritte Brief, an Jane Hudson gerichtet, war eine selbstgemachte Karte aus dünnem weißen Karton,

Größe A4, auf A5 gefaltet. Auf der ersten Seite war eine Bleistift- und Buntstiftzeichnung, die ein Herz darstellte, das Bruchlinien in vier Teile teilte. Darunter war in Großbuchstaben, die aus kleinen symbolischen Blutstropfen geformt waren, zu lesen:

ICH WERDE DICH IMMER LIEBEN.
Auf den beiden folgenden Seiten stand handgeschrieben:

<u>Nach allem, was ich tat für dich</u>
Nach allem, was ich tat für dich
lässt du mich jetzt anscheinend im Stich.

Ich betone ‚anscheinend'
denn ich kenne dein Herz
du wirst mich nicht jahrelang lassen
in tiefstem Zweifel und Schmerz.

Obwohl ich dich von der Unbill befreit
sagst du jetzt, dass es dich reut.
Nichts willst du mehr von mir wissen
suchst Vergessen in eines Anderen Küssen.

Vergiss aber nicht
noch bist du mein
ich kann, wie in der Messe der Wein
nicht ohne dich sein.

x x x x x

Das Gedicht war mit dunkelblauer Tinte, in regelmäßiger Handschrift geschrieben worden. Kein Wort war durchgestrichen oder verbessert worden, die Verse waren somit die sorgfältige Abschrift eines Urtextes. Es gab keine Unterschrift, die fünf X standen wohl für fünf Küsse, die der Schreiber oder die Verfasserin vermutlich tatsächlich auf das Papier gedrückt hatte, weil die Tinte hier leicht verwischt war.

Der vierte Brief, an Trevor Hudson gerichtet, war ein Geschäftsbrief einer Buchhandlung im Zentrum Canterburys, in dem er benachrichtigt wurde, dass das von ihm bestellte Buch ‚Vogelbeobachtung in Kent' von D. W. Kershaw nun eingetroffen sei und abgeholt werden könne.

Der fünfte Brief, an Jane und Trevor Hudson gerichtet, war eine gedruckte Einladung zur Eröffnung der Fotoausstellung ‚Max Lamarr – Das sanfte Gesetz' in einem Seitengang des Marlowe Theaters. Für Hintergrundmusik zeichnete das ‚Corridor Arts Ensemble' verantwortlich.

Zufrieden mit seiner Ausbeute, jedoch besorgt wegen der nun einsetzenden Kopfschmerzen, legte Tancredi den letzten Brief auf den Stapel auf seinem Nachtkästchen und sank auf das Bettkissen zurück. Das war mehr Information, als er sich erhofft hatte. Er schloss die Augen, um sich eine Ruhepause zu gönnen. Um sein Denken auf ein Minimum zu reduzieren, begann er seine Atemzüge zu zählen. Nach wenigen Minuten fiel er in Schlaf.

Gegen Mittag wachte Tancredi mit trockener Kehle auf, stand vorsichtig auf, schlüpfte in den Schlafmantel und ging langsam die Stiege hinunter. In der Küche machte er sich Rührei, Toast und eine Kanne Kaffee. Als Laura erwartungsvoll zu ihm aufblickte, gab er ihr mit Wasser verdünnte Milch.

Nach dem Essen ging Tancredi wieder ins Bett, Schlaf wollte sich aber, trotz der vorgezogenen Vorhänge, nicht einstellen. Seine Gedanken kreisten um das für Sonntag in seinem Büro vereinbarte Treffen mit Captain Peter Smith und Dave Sinclair. Er griff nach seinem Terminkalender, um das Treffen einzutragen und fand bereits Elmar Balmers Namen auf der Seite des 30. Novembers: er hatte die Soldaten irrtümlich zur selben Zeit eingeladen.

Einem Impuls nachgebend beschloss er, diese Doppelbuchung nicht nur zu belassen, sondern darüberhinaus auch Jane und Trevor Hudson, Lou und Stu und eventuell auch Sarah von Bangels und Jim Hall zum gleichen Termin einzuladen.

Am schwierigsten war es wohl, die beiden Tramps zu mobilisieren, außer man bot ihnen einen zusätzlichen Anreiz. Das inspirierte Tancredi zum folgenden Flugblatt, das er auch bald mit Hilfe seines Computers im Wohnzimmer herstellte.

Einladung
Sie sind herzlich zum Vortrag „John Tancredi: Das

Gleichgewicht innerhalb einer Familie" eingeladen, am Sonntag, 30. November, in 42 Stour Street, Canterbury, um 3 pm.
Wein und kleine Imbisse werden ab 2:30 gereicht. Wegen Platzmangels ist der Eintritt nur mit dieser Einladung möglich. Nur zwei (2) Besucher sind pro Einladung erlaubt.

Da Lou und Stu untertags häufig in der High Street anzutreffen waren, wo sie das Straßenmagazin *The Big Issue* verkauften, sollte es für ihn nicht zu schwierig sein, ihnen im Fußgängergewühl unerkannt das Flugblatt auszuhändigen.

Freitag, 28. November

Weil es in der Nacht Frost gegeben hatte, ließ Tancredi seinen vor seinem Haus geparkten Ford Fiesta warmlaufen, was die umweltbewusste Fiona, die immer wieder mit besorgter Miene an ihr Wohnzimmer-Fenster trat, zu stören schien.
Tancredi winkte ihr, bis über beide Ohren grinsend, zu; fünf Minuten später manövrierte er sein Auto aus der Reihe der geparkten Wagen und schnallte sich an. Dabei spürte er den Griff seiner Pistole in der Achselhöhle. Der Druck in seinem Kopf war noch da, er nahm aber an, dass er fit für die Fahrt nach Sandwich war, das genau im Osten Canter-

burys liegt. Der Verkehr auf der Ring Road war dicht, floss aber lockerer auf der A 257.

Links flogen die Ausläufer eines Golffeldes, rechts ein Waldstück vorbei. Bald folgten der Weiler Bramling und das Dorf Wingham. Nun sah Tancredi die drei gigantischen Kühltürme des aufgelassenen Kraftwerks Richborough, die nutzlos vor der Küste aufragten.

Der Seltzer Komplex lag zwei Meilen außerhalb Sandwichs. Er war größer, als Tancredi angenommen hatte. Die Gebäude bestanden aus Metall, Glas und Beton. Übermannshohe Zäune mit drei Reihen Designer-Stacheldraht umgaben sie. Abseits lag ein weniger stark bewachter Produktions-Trakt. Nach einer Weile fand er den fast leeren Besucher-Parkplatz, hielt an und sperrte die Browning ins Handschuhfach. Er nahm ein Ticket aus der Parkuhr, legte es aufs Armaturenbrett und ging auf einem schmalen geschotterten Gehsteig in Richtung Empfangsgebäude.

Am Rezeptionsschalter konnte er nur seinen Führerschein als Ausweis vorzeigen. Jemand rief Dr. Hudsons Büro an, während Tancredi durch einen Metallrahmen gehen musste, der prompt seine Schlüssel anzeigte, die er in der Hosentasche trug. Er bekam ein Besucherschild aus Plastik, das er sich ansteckte und wartete.

Trevor Hudsons Sekretärin erschien pünktlich um zwei. Der Seidenschal, den sie knotenfrei um ihren Hals und ihre rechte Schulter drapiert hatte, beeindruckte Tancredi. Sie bat ihn, ihr zu folgen. Sie öffnete für ihn die Tür zu einem kleinen Eckraum mit mobilen, mattweißen Glaswänden, die, solange man stand, den Blick auf ein Computerzentrum freigaben.

Ein grauhaariger Mann mit einem jugendlichen Gesicht wies auf einen Stuhl neben seinen mit Computerausdrucken übersäten Schreibtisch, und Tancredi setzte sich, nachdem er sich mit Hilfe des Schildchens, das hier alle trugen, vergewissert hatte, dass er Dr. Hudson war.

„Sind Sie der Mann, der mir ein Patent für genetisch veränderte Hefe anbieten will?" fragte Hudson.

Tancredi lachte kurz auf.

Hudson blätterte in seinem Terminkalender.

„Verzeihen Sie. Das ist der nächste Termin. Was kann ich für Sie tun?"

„Wir erteilen gut recherchierte Auskünfte auf jedem Feld, beruflich und privat."

Tancredi gab Hudson seine Karte.

„Sind Sie den ganzen Weg hierher gefahren, um mir das zu sagen?"

Tancredi kratzte sich am Hals. „Nun Dr. Hudson, Sie fahren täglich zwanzig Meilen zu Ihrer Arbeit, kommen spät abends nach Hause und sind oft auf Dienstreise. Das könnte zu Problemen für eine kinderlose Ehe führen."

„Heißt das, dass Sie mir einen Begleitservice für meine Frau anbieten?"

Nun war es an Tancredi, mit seiner Antwort zu zögern.

„Würden Sie meine Frau bei gesellschaftlichen Anlässen begleiten, wenn ich im Ausland oder sonst unabkömmlich bin?"

„Das würde sozial einen falschen Eindruck erwecken. Mrs. Hudson ist nicht alleinstehend."

Tancredi schlüpfte aus seinem Anorak.

Hudson lehnte sich zurück, legte seinen Kopf in den Nacken, hinter dem er seine Arme verschränkte, und sprach zur niederen Decke hinauf: „Wir führen eine offene Ehe. Wie wir von Karl Popper wissen, sind geschlossene Systeme zum Scheitern verurteilt. Nur offene Systeme überleben."

Tancredi gelang es, wieder Augenkontakt herzustellen. „Ich selbst bewege mich im offenen System von Angebot und Nachfrage... Vorsicht ist aber angebracht. Es ist wie bei Türen. Sind sie immer abgesperrt, erfüllen sie nicht ihre Funktion innerhalb eines Hauses. Stehen Sie aber stets sperrangelweit offen, so ergibt das ebensowenig einen Sinn."

„Guter Vergleich", sagte Hudson anerkennend. „Wo wollen Sie aber damit hinaus?"

Tancredi lächelte. „Dass niemand seine Frau ermuntern oder gar drängen sollte, Liebhaber zu haben."

Hudsons Augen verengten sich. „Sagen Sie das *mir*?"

„Nein, das war nur eine ganz allgemeine Feststellung."

Hudson schien nahe daran, Tancredi die Tür zu weisen, besann sich dann aber.

„Ich kann Ihnen ganz offen sagen, dass meine Frau momentan zwei Liebhaber hat, die ihr schön langsam auf die Nerven gehen. Ich bin der lachende Dritte. Ihre Dienste sind also weder nötig noch erwünscht." Mit einem zynischen Lächeln förmlichen Bedauerns stand er auf.

Tancredi klemmte seinen Anorak unter den Arm und erhob sich. „Sie scheinen keine Ahnung davon zu haben, dass ich im Auftrag Ihrer Frau einen Mordfall zu klären versuche. Kommen Sie doch am Sonntag um drei Uhr in mein Büro, zusammen mit Ihrer Frau. Ich hoffe, Ihnen dann den Täter nennen zu können."

Hudson gab sich gelassen und griff nach seinem Terminkalender. „Das könnte sich ausgehen", sagte er und öffnete für Tancredi die Tür.

Samstag, 29. November

Sah er von der Tatsache ab, dass er auf eigene Spesen fuhr, war es Tancredi nicht unangenehm, in seinem Fiesta wieder einmal durch Nordlondon und seinen urbanen Dschungel aus Geschäften, Büros, Lokalen, Verkehrszeichen und überdimensionalen Werbeplakaten zu rollen.

Von der ansteigenden Farringdon Road kommend, bog er in die Rosebery Avenue und damit zäheren Verkehr ein, der vom West End heraufbrauste. In der Upper Street jaulten plötzlich Sirenen vor ihm auf, Tancredi trat auf die Bremse und schaffte es, zwei brandrote Feuerwehrautos, die aus ihrer Station mit zuckendem Blaulicht auf die Straße preschten, vorzulassen. Im Schlepptau der massiven Fahrzeuge gelangte er schnell bis zur Barnsbury Street, in die er links einbog. Auf dem nahen Milner Square fand er einen Parkplatz. Bevor er ausstieg, entnahm er dem Handschuhfach seine Pistole, die er in seinen Achsel-Halfter steckte.

Der Himmel zeigte alle Schattierungen und Töne der Farbe Grau, es war mild. Tancredi ging zur Barnsbury Street zurück, wo nach Jim Halls Auskunft Roderick George Royle, der natürliche Vater Anthonys wohnte. Es war früh am Nachmittag, und viele Leute kehrten voll bepackt mit Plastiktaschen und Kartons von Einkäufen aus der Upper Street zu ihren Wohnungen zurück.

Haus Nummer 37B war ein weißgetünchtes, dreistöckiges Wohnhaus aus den vierziger Jahren, mit schwarz lackierten Fensterrahmen. Fast zu hübsch für einen Roderick G. Royle, dachte Tancredi. Seinen Recherchen nach war er pensionierter Buchmacher. Er stieg die paar Stufen zur schwarzlackierten Eingangstür hinauf und läutete an der oberen der zwei elektrischen Glocken; es gab kein Namensschild. Nichts rührte sich. Als er die untere Klingel drückte, hörte er ein entferntes, kaum vernehmbares Schnarren.

Jetzt erst bemerkte Tancredi, dass von der Zauntür

im Vorgarten Steinfliesen zu einer Treppe führten, die vor der Eingangstür einer Souterrainwohnung direkt unter ihm endeten. Er betrat das Gärtchen aus Buchsbüschen und verwildertem Gras und klopfte an der Tür der Kellerwohnung. Hundegebell war die sofortige Antwort, das tiefe Bellen eines großen Hundes. Die Tür öffnete sich einen Spalt – sie hing an einer Kette – und ein mittelgroßer, nach vorn gebeugter Mann in den späten Sechzigern warf ihm über den fingerfleckigen Gläsern seiner Brille einen misstrauischen Blick zu.

„Mister Royle?" sagte Tancredi mit hochgezogenen Augenbrauen.

„Kenne ich Sie?" fragte der Mann, ohne die Tür weiter aufzumachen.

„Ich komme wegen Ihres Sohns Anthony."

„Falls er Schulden gemacht hat, wenden Sie sich an Neil Tyler. Der ist sein Vater, gesetzlicher Vater."

„Wir hätten uns an ihn gewandt, wenn er noch am Leben wäre. Er ist zusammen mit seiner Frau bei einem Busunglück in Portugal vor vier Jahren ums Leben gekommen."

Royle schüttelte kaum merklich den Kopf. „Arme Teufel. Niemand hat mir was gesagt."

„Nein, es geht gar nicht um Schulden, Sie können beruhigt sein. Wir möchten nur etwas mehr über Anthony in Erfahrung bringen."

Tancredi zeigte Royle seine Karte, die er nahm und aufmerksam las.

„Ist er in Schwierigkeiten?"

Royle nahm die Kette ab, ließ Tancredi ein und schloss, sich auf einen Stock stützend, die Tür. Ein Schäferhund lief geduckt auf Tancredi zu, schnupperte an seinem Knie, winselte nervös und kratzte mit seiner Pfote an der Tür.

„Scheint hinaus zu wollen", sagte Tancredi, sich in der ungelüfteten Einzimmerwohnung umblickend.

„War er schon, war er schon. Er ist ja so stark; der reißt mich um, wenn ich ihn an der Leine führe."

Royle wies mit dem Stockende auf ein speckig abgewetztes Sofa. Tancredi setzte sich zögernd.

„Ich stehe lieber, die Couch ist zu weich. Ich komme da allein nicht hoch, mit meinem Bein und dem Rücken." Er strich mit seiner arthritischen Hand über ein paar widerspenstige weiße Haare am Hinterkopf.

„Hat Tony was ausgefressen? Ist er eingebuchtet worden?"

„Nicht dass ich wüsste. Nein, das Einzige was ich mit Sicherheit von ihm sagen kann, ist, dass er ... wie soll ich sagen..." Tancredi räusperte sich, „ ... sanft entschlafen ist."

Royle brach, sich an seinem Stock festhaltend, in ein kurzes hysterisches Lachen aus, das seine gelben Zähne zeigte. „Sie meinen doch nicht, dass er tot ist?"

Tancredi nickte, sich auf die Unterlippe beißend.

Royle humpelte zu einer Kredenz, entnahm ihr ein Wasserglas, in das er sich etwas Brandy eingoss.

„Wollen Sie auch einen?"

Tancredi schüttelte den Kopf. „Bin mit dem Wagen hier."

„Soweit ich den Jungen kenne, gekannt habe, kann das nicht sanft gewesen sein." Er nahm einen vollen Schluck, und die Wirkung des Alkohols schüttelte ihn kurz.

Tancredi streichelte den Kopf des Schäferhundes, der sich vor das Sofa gesetzt hatte. „Ja, sagen Sie, haben Sie Tony überhaupt gekannt?"

Royle lehnte sich an die Kredenz und kratzte seinen Hinterkopf.

„Ja, als Kleinkind. Als er 1967 – oder war es 68 – geboren wurde, war ich gar nicht scharf auf eine geregelte Existenz als Ganztags-Bürohengst mit einem schreienden Bengel am Abend. Im Gegensatz zu Ellie. Wir haben uns ein, zwei Jahre durchgeschlagen, dann hat sie den Tyler kennengelernt, der sie samt dem Buben heiraten wollte. Da habe ich mich nicht entgegenstellen wollen."

Tancredi zeigte murmelnd Verständnis. Als der Hund neben ihm leise zu knurren begann, nahm er seine Hand von dessen Kopf mit der Einsicht, dass Tiere Ironie nicht leiden können.

Royle griff nach dem Glas hinter ihm, und sein angelehnter Stock fiel um. Abwesend starrte er sekundenlang auf den Holzstecken am Boden, ohne Anstalten zu machen, ihn aufzuheben.

„Ja, und dann viel später, ist Anthony nach seinem 18. Geburtstag hierhergekommen, um ‚Kontakt' mit mir aufzunehmen, wie er sagte. Ich hab nicht gewusst, was er wollte. Stellen Sie sich das einmal vor, da kommt ein wildfremder junger Mensch an die Tür und behauptet, ich bin sein Vater. Ich hab gesagt, ,Du bist im Irrtum, Tyler ist dein Vater'. Was er auch wirklich war."

Er nippte am Glas und hielt es gegen die Brust. Nur selten suchte er Augenkontakt mit Tancredi, als würde der Anblick des Gesprächspartners ihn vom Formulieren seiner Äußerungen ablenken. „Ich sagte, ,Falls du Arbeit bei Eddings, dem Wettbüro', wo ich angestellt war, ,haben willst, kann ich meine Vorgesetzten fragen; falls du Girls kennenlernen willst, komm abends ins ,Fox and Hare', mein Pub in der Upper Street, aber komm mir nicht mit einem Geschwafel von Blutsverwandtschaft und so'."

Tancredi blickte sich fröstelnd nach dem elektrischen Öfchen um, dessen Ventilator in einer Zimmerecke ratterte. Es war eines der Sorte, deren rote Glühbirne Wärme anzeigt, auch wenn der Thermostat auf Null steht.

Royle wärmte sich am Brandy.

„Er ist dann auch abends ins Pub gekommen, es gibt es noch immer, nur heißt es jetzt ,The Monument', und wir haben ein paar Biere getrunken. Verstehen Sie, ich dachte, dass er mit dem soliden Neil Tyler das große Los gezogen hat, und da sitzt er mit mir, Maureen und den Mates herum und trinkt, bis er sich nicht mehr auf den Beinen halten kann. Den ganzen Abend habe ich ihm eingeschärft, es sich nicht mit Tyler zu verscherzen. ,Der enterbt dich am

Ende', sage ich, aber er schüttelt nur grinsend den Kopf. Als das Pub Sperrstunde hat, stellt sich heraus, dass er so betrunken ist, dass er allein nicht mehr heimfinden würde. So hab ich ihn im Dachbodenzimmer von Charles, der übers Wochenende verreist war...", Royle zeigte mit der freien Hand nach oben, „... seinen Rausch ausschlafen lassen."

Tancredi verschränkte seine Arme. „Wie lange hat er gewusst, dass Sie sein – natürlicher – Vater sind?"

„Er hat absolut nichts gewusst, bis zu seinem 18. Geburtstag, dem Tag seiner Volljährigkeit. Da dachten Ellie und Neil, dass er ein Recht darauf hat, mehr über seine Herkunft zu erfahren. Dass es unfair wäre, ihm und seiner zwei Jahre jüngeren Halbschwester das vorzuenthalten. Wenn Sie mich fragen, absoluter Schwachsinn."

Tancredi fühlte, dass er Royle in diesem Punkt recht gab. Dass das aber noch lange kein Grund war, ihm den Stock aufzuheben.

Als ob Royle Tancredis Gedanken lesen konnte, begann er sich nun mit der Bergung seines Stocks zu befassen. Er drehte sich um, hielt sich mit beiden Händen am Bord der Kredenz und hob ihn mit dem Rist seines rechten Fußes soweit auf, dass er schmerzfrei nach ihm greifen konnte. Nun hängte er den Griff in eine Schublade, die er einen Spalt geöffnet hatte, um ihn dort einzuklemmen.

Royle wandte sich wieder Tancredi zu. „Nach diesem Besuch hab ich ihn nie wieder gesehen, was mit

Charles' Schlampigkeit zu tun haben kann. Der hat nämlich sein Zimmer in zwanzig Jahren niemals, ich sage *niemals*, staubgesaugt, oder sonstwie gereinigt, mit dem Ergebnis, dass der Staub dort so dick auf den Filzfliesen gelegen ist, dass er mit seinen täglichen Gängen von der Tür zum Sofa, vom Sofa zum Fenster und vom Sofa zum Tisch regelrechte Trampelpfade in ihn eingegraben hat. Ich übertreibe nicht."

Er leckte seine Lippen.

„Nächsten Morgen habe ich Anthony noch eine Tasse Tee gemacht, bevor er zurückfuhr. Er hat die ganze Zeit geniest, hat wohl eine Allergie gegen Staub gehabt, oder gar hier entwickelt. Ein, zwei Jahre später hat er mir eine Geburtstagskarte geschickt, in der er auch erwähnt hat, dass er an – irgendeiner Universität studiert, vier Monate nach meinem Geburtstag."

„Haben Sie ihm je eine geschickt?" fragte Tancredi.

„Ich schreibe keine Briefe, bin nicht gut im Schreiben, bei mir geht alles mündlich. Aber auf mein Wort kann man sich verlassen."

Wie zur Bekräftigung seiner Aussage trank er den Rest des Brandys in seinem Glas aus.

„Zweifle keinen Augenblick daran, Mr. Royle", sagte Tancredi und stand auf. Der Schäferhund erhob sich auch, als hoffte er, dass ihn der Gast auf eine Runde um den Block mitnehmen würde.

Als sich Tancredi wie zum Abschied umblickte, fiel ihm auf, dass von der Kochnische zu seiner Linken eine schmale Glastür zu einem Betonschacht führte, in den Licht von der Hinterseite des Hauses fiel. Er machte ein paar Schritte auf sie zu, als Royle ihm ein Handzeichen gab.

„Da ist leider kein Zugang zum Garten."

Tancredi blickte den Schacht hinauf, an dessen Ende grüne Grasbüschel leuchteten, dann fiel sein Blick auf den Betonboden, auf dem er zuerst einen in die Ecke gekehrten Haufen alten Laubs zu sehen glaubte.

Royle hatte sich ihm mit Hilfe des Stocks genähert.

„Solange ich das Problem mit dem Rücken und dem Bein habe, bin ich gezwungen, den Balkon als Hundeklosett zu verwenden", erklärte er heiser.

Seinen aufsteigenden Mageninhalt gerade noch kontrollierend, wandte Tancredi sich Royle zu.

„Es muss doch jemand geben, der Ihnen mit dem Hund hilft."

Auf Royles Backenknocken standen rote Flecke.

„Ja, Maureen, wenn sie vorbeikommt, führt sie ihn aus. Es ist ja ihr Hund. Aber ihre Wohnung, eine Garçonniere, ist noch kleiner als meine."

Tancredi nickte nachdenklich. „Glauben Sie, dass Anthony Feinde gehabt hat?"

„Nein. Von seinem kurzen Besuch her, würde ich sagen: nein. Aber ich hab ihn ja kaum gekannt."

„Vielen Dank, Mr. Royle. Sie haben mir geholfen."

„Keine Ursache."

Als Tancredi die Stufen zum Vorgarten hinaufstieg, hörte er, wie Royle die Kette vorlegte.

Im ‚Monument' in der Upper Street, einem kleinen verrauchten Pub mit dunkler Wandtäfelung, trank er, nach gründlicher Inspektion des Glases, einen Brandy. Danach wusch er sich in der Toilette die Hände.

Sonntag, 30. November 2003

Ein kalter Nordostwind hatte alle Golfstrom-Wolken weggeblasen. Auf dem Weg in die Altstadt fröstelte Tancredi in seinem Leinenhemd, trotz des Pullovers und des Anoraks. Die blasse Wintersonne hatte noch keine Kraft.

Gegen zwei Uhr traf Tancredi mit zwei Tragetaschen voller Partygebäck und Getränken, die er in Bangels gekauft hatte, in seinem Büro ein. Als er die Heizung eingeschaltet und die Stühle verschoben hatte, um mehr Platz zu schaffen, läutete die Hausglocke. Er lief nach unten, durch den Frisiersalon, und sperrte die Eingangstür auf.

Draußen standen Lou mit seiner peruanischen Wollmütze, Stu mit einem roten Piratentuch auf dem Kopf und sein Hund Hector, der vor Kälte zitterte.

„Sind wir hier richtig?" fragte Lou, sich mit Daumen und Zeigefinger über den weißgrauen Schnurrbart streichend. „Das ist doch Nummer 42, Stour Street, wo dieser Vortrag stattfinden soll?"

„Absolut richtig. Das ist das Limelight, ihr seid nur etwas früh. Kommt herein."

Tancredi war erleichtert, dass ihn Lou nicht wiedererkannt hatte. Spontan entschied er, das Treffen im Friseursalon abzuhalten. Es bestand eine gute Chance, dass er das seiner Hausherrin Liz, der Salonbesitzerin, die in Blean bei Canterbury wohnte, verheimlichen konnte.

„Setzt euch, ich bring euch gleich etwas zu trinken." Die beiden ließen sich, in gewisser Entfernung von einander, auf der vom Eingang linken Stuhlreihe nieder.

Tancredi holte die beiden Tragetaschen aus seinem Büro. In der Kochnische des Limelight fand er Gläser, ein paar Teller, auf die er die Knabbersachen verteilte und ein Tablett, mit dem er alles in den Salon trug.

„Wein oder Bier?" fragte er mit einem Blick auf die Tramps, die ihre zerschlissenen Mäntel trotz der relativen Wärme zugeknöpft ließen.

Lou hatte bereits die Sechserpackung Stella Artois gesichtet. „Für mich zuerst einmal Bier, Mate."

Tancredi reichte den beiden die Bierdosen; sie zogen sofort die Ringverschlüsse ab und tranken. Lou, der keine Anstalten machte, seine Mütze abzunehmen, wischte seinen Schnauzer ab.

„Chips oder Erdnüsse?" sagte Tancredi.

„Die machen bloß durstig", sagte Lou. Er klopfte seine Manteltaschen ab, um dann Stu zu fragen, ob er Zigaretten habe. Der schüttelte den Kopf.

„Mit Zigaretten kann ich euch nicht dienen, das ist ein Nichtraucher-Salon", sagte Tancredi.

Lou nahm einen großen Schluck und seufzte genießerisch. „Ich kann mir nicht helfen, Mate, aber deine Stimme kommt mir bekannt vor. Ich weiß nur nicht, wo ich sie hintun soll."

„Canterbury ist klein, da läuft man sich immer wieder über den Weg", sagte Tancredi, „ich hab euch schon oft in der High Street gesehen."

„Du verteilst Flugzettel, nicht?" sagte Stu.

„Das kommt vor", sagte Tancredi. „Dir hab ich schon hie und da die Big Issue abgekauft."

„Ich mach das nur a-ab und zu", sagte Stu. „Bin kein offizieller Verkäufer."

Hector lief im Raum herum, den Plastikboden nach all den verschiedenen Gerüchen abschnuppernd.

„Und hier wird der dings – Vortrag gehalten?" fragte Lou.

Tancredi nickte. Die Glocke schellte, er ging öffnen und ließ einen lächelnden Elmar Balmer ein.

„Ich habe nicht viel Zeit", sagte Balmer, sich halb befremdet, halb belustigt nach den Tramps umblickend. „Ich dachte, das ist ein Treffen unter vier Augen? Gehen wir in Ihr Büro?"

„Sie haben recht, so war es geplant. Ich erwarte aber noch mehr Gäste. Das Büro ist einfach zu klein, um alle aufzunehmen. Ein Glas Wein? Weiß oder Rot?" Tancredi wandte sich den Tramps zu.

„Das ist Elmar, ein Kollege von der Firma Jones."

Er schenkte Balmer, der sich an den Kassentisch lehnte, und sich selbst ein Glas Weißwein ein und prostete der Runde zu.

„Wir warten also nur mehr auf den Figaro, der uns allen die Haare schneiden wird", sagte Lou nach einem weiteren Schluck aus der Dose. „Im Ernst, Stu, du könntest wirklich einen Haarschnitt vertragen."
Anstelle einer Antwort streifte Stu sein Piratentuch ab und steckte es ein. Tancredi sah durch das Glas der Eingangstür zwei Figuren, die die beiden Firmenschilder am Portal studierten. Er öffnete und ließ Captain Peter Smith und Sergeant Dave Sinclair eintreten. Beide Soldaten trugen khakifarbene, leichte Felduniformen. Smith salutierte knapp; als Tancredi Sinclair zunickte, salutierte auch der.
„Sergeant, das ist eine Überraschung", sagte Tancredi, „ich dachte, Sie sind schon im Irak!"
Sinclair nahm verlegen sein schwarzes Käppi ab und rollte es vorsichtig zusammen. „Der Abflug ist verschoben worden und wird nächsten Mittwoch erfolgen. Ich bin nur deshalb gekommen, um mich für mein Verhalten in den Westgate Gardens zu entschuldigen. Mein Ausrutscher hat nicht Ihnen persönlich, sondern bloß dem Punk gegolten, den Sie dargestellt haben..."
„Verstehe, Sergeant. Ich weiß, Sie haben nur Ihre – Pflicht getan. Wie Sie auch im Irak nur Ihre – hm – Pflicht tun werden. Hier sind Getränke, Erdnüsse und Crisps, bitte greifen Sie zu. Das Rauchen ist allerdings, mit Rücksicht auf meine Hausherrin, nicht gestattet. Bitte entschuldigen Sie mich..."
Während die beiden Soldaten ihre Gläser mit Mineralwasser füllten, kam Tancredi der Glocke wie-

der zuvor, um Trevor und Jane Hudson eintreten zu lassen, denen er beiden die Hand gab.

Lou holte sich eine weitere Dose Bier, während Balmer in den Nebenräumen des Salons nach der Toilette suchte.

Die Ankunft der Hudsons, beide trugen dunkle Mäntel und schwarze Schuhe, Jane Hudson hatte gar einen Pelzmantel an, brachte nach den beiden Soldaten noch mehr solide Bürgerlichkeit in die Versammlung. Sie ließen sich zwar von Tancredi überreden, sich auf den Wartestühlen rechts vom Eingang, wo bereits die Soldaten saßen, niederzulassen, lehnten aber, angesichts der zechenden Obdachlosen, Getränke ab.

Nachdem Balmer von der Toilette zu seinem früheren Platz am Kassentisch zurückgekehrt war, nahm Tancredi seitlich neben ihm Stellung, trank einen Schluck Wasser und räusperte sich, um auch die Aufmerksamkeit der Tramps zu bekommen.

„Vielen Dank für Ihr Kommen", begann Tancredi leicht nervös. Er warf einen Blick auf seine Armbanduhr.

„Ich habe noch mehr Leute eingeladen, will aber Ihre Geduld nicht weiter strapazieren. Was für einen Teil meiner Gäste ein allgemeiner Vortrag ist", er nickte Lou und Stu zu, um sich dann Jane Hudson zuzuwenden, „ist für die anderen mein Abschlussbericht zu Ihrem Auftrag."

Eine Strähne ihres Haars fiel auf Mrs. Hudsons Stirn, als sie eine unwillkürliche Bewegung machte.

Ihr starkes Make-up ließ ihr Gesicht wie ein Bild eines Gesichts erscheinen.

Tancredi suchte ihren Blick. „Ihr Auftrag an mich war, die Nachtruhe in den Westgate Gardens, einschließlich der Whitehall Road wiederherzustellen."

Trevor Hudson, der eine randlose Brille trug, starrte Tancredi scharf aus zusammengekniffenen Augen an.

Dieser fuhr unbeirrt fort: „Ich bin mehrmals in den Gardens gewesen und habe dort Lou und Stu, gute Bekannte des verstorbenen Anthony Royle, getroffen, die in den Augen mancher bloß Trunkenbolde und Schreihälse sind. Ich bin dort aber auch staatstragenden Kräften, wie zum Beispiel Captain Smith und Sergeant Sinclair begegnet."

Smith blickte in den ersten der Spiegel an der gegenüberliegenden Wand, in der er Jane, die drei Stühle rechts neben ihm saß, sehen konnte, ohne seinen Kopf drehen zu müssen.

„Was die beiden Soldaten betrifft, so weiß ich, dass sie neben dem Training für den Sergeant, das ihn auf den Einsatz im Irak vorbereiten sollte, sich *auch* um die Einhaltung der Nachtruhe in den Westgate Gardens kümmerten."

Als Hector zu winseln begann, umfasste Stu seine Schnauze und zwang ihn, sich hinzulegen.

Tancredi nickte ihm dankbar zu. „Eine der Nebenwirkungen von Royles tragischem Tod war, dass die Gruppe der vier bis fünf Obdachlosen, die sich regelmäßig unter der Brücke traf, allmählich auf zwei, nämlich Lou und Stu schrumpfte. Captain Smith und Sergeant Sinclair haben zu dieser Entwicklung beigetragen. Immer wenn einer der Gruppe abends oder nachts über den Zaun bei der Brücke in die Gardens kam, die offiziell bei Sonnenuntergang geschlossen werden, hat Captain Smith die Übertreter des Gesetzes die Faust seines Sergeant Sinclair spüren lassen...‟

Smith zischte empört, während Sinclair abwesend an den Fingernägeln seiner Linken kaute.

„Ich habe das am eigenen Leib erfahren‟, sagte Tancredi, sich an den Captain wendend. „Sie haben bloß übersehen, dass Sie selbst dabei mehrfach das Gesetz übertreten haben. Sieht man vom Schwererwiegenden, der Körperverletzung einmal ab, so hatten Sie auch kein Recht, sich mit dem Sergeant nachts im Park aufzuhalten. Der City Council hat mir bestätigt, dass weder eine Anfrage des Militärs für die Benützung des Parks vorliegt, noch dass eine solche Bewilligung gegeben worden wäre.‟

Smith stand auf und richtete den Zeigefinger seiner geballten Rechten auf Tancredi. „Ich habe die Zustimmung des Bürgermeisters von Canterbury, der ein guter Bekannter von mir ist, eingeholt, bevor wir ab und zu in den Gardens außerhalb der Öffnungszeiten kampiert haben, um Parkbesucher nicht zu stören.‟

„Ich nehme an, dass diese Erlaubnis nur mündlich gegeben worden ist‟, sagte Tancredi.

Smith winkte verächtlich ab und setzte sich wieder,

um Sinclair etwas ins Ohr zu flüstern.

Tancredi setzte fort: „Wir müssen uns fragen, warum Captain Smith für das Eins-zu-Eins Überlebenstrainings Sinclairs, was beim Militär unüblich ist, ausgerechnet die Westgate Gardens ausgesucht hat. Ein Grund ist vermutlich der Stour, dessen Wasserqualität hier noch relativ gut ist, falls er kein Hochwasser führt. Nein, der Hauptgrund für diese Standortwahl war einerseits die Nähe der Obdachlosen, und andererseits die Nähe des Hauses von Dr. Trevor und Jane Hudson. Captain, Sie haben von den Problemen Mrs. Hudsons gewusst und wollten ihr helfen."

Smith hob leicht seine Mundwinkel an. „Ich habe Mrs. Hudson als Leiterin der Lebensmittelabteilung bei Bangels kennengelernt. Aber was Sie da unterstellen, ist gegenstandslos. Natürlich ist es mir lästig, wenn mich Leute bei der Ausführung meines Berufs hindern, wie es von manchen Punks, die sich unter der Brücke beim Park ständig zum Trinken trafen, auch versucht wurde."

Lou warf Smith einen warnenden Blick zu. „Wir sind vielleicht Hippies, aber nie im Leben Punks!"

Tancredi nahm einen Schluck Wasser. „Nun, Mrs. Hudson, befassen wir uns mit dem Begriff der *nächtlichen Ruhestörung*. Natürlich können Obdachlose laut werden, besonders wenn sie betrunken sind. Das ist lästig und es verstößt gegen das Gesetz. Ich verstehe, dass Sie darüber besorgt sind. Aber so richtig besorgt wurden Sie erst, als der tote Tony

Royle ans Flussgitter des Causeway angeschwemmt wurde."

Jane Hudsons grüne Augen funkelten Tancredi hart an. „Ja, und? Das ist doch wirklich eine alarmierende Entwicklung. Das war genau der Punkt, an dem ich zu handeln beschloss. Nächtliche Trinkexzesse beim Park und dann ein Toter dieser Gruppe, der fünfhundert Meter vom Westgate entfernt aufgefischt wird."

Ihr schien warm zu werden, denn sie öffnete ihren Mantel. „Deshalb habe ich mich an Sie gewandt. Das Problem der Ruhestörung stellt sich nicht mehr. Sie haben gute Arbeit geleistet, Sie sind dafür bezahlt worden, und ich weiß nicht, warum wir hier noch länger bleiben sollten."

Mit einem Blick auf ihren Mann stand sie auf.

Tancredi hob beschwichtigend seine Rechte. „Einen Augenblick noch. Wir sollten zwei Dinge nicht verwechseln. Wir haben über Ruhestörung gesprochen, aber noch nicht über Schlaflosigkeit, *Ihre* Schlaflosigkeit."

Trevor Hudson blickte argwöhnisch auf.

Tancredi kam Jane Hudsons Einwand zuvor. „Eines kann das andere bewirken, zugegeben. Ihre Schlaflosigkeit dürfte aber nicht nur vom Lärm verursacht worden sein, sondern auch von einem Schuldgefühl."

Das Gewicht ihres Mantels schien Mrs. Hudson wieder auf den Stuhl zu ziehen. „Schuldgefühl? Wovon reden Sie überhaupt?"

109

Tancredi stellte sein Glas auf dem Kassentisch ab.

„Anthony Royle hieß bis zu seinem 18. Geburtstag Anthony Tyler. Er wurde 1966 in Nord London geboren, zwei Jahre vor Ihnen. Bevor Sie Dr. Hudson heirateten, haben auch Sie Tyler geheißen."

Tancredis Blick glitt von ihrem Mund, der, jenseits ihrer Kontrolle, merkwürdig zu zucken begann, zu Stu, der seinen Kopf mit den Händen umfasst hielt und ins Leere starrte.

„Diesem armen Teufel wird an seinem 18. Geburtstag von seinen wohlmeinenden Eltern eröffnet, dass sein Vater, *Ihr* Vater, nicht sein natürlicher Vater ist. Was als Akt der Fairness gedacht war, wirkt sich als Katastrophe für Anthony aus."

Balmer lehnte sich an die Rückenlehne eines Friseurstuhls, vermied aber Augenkontakt mit den anderen Gästen.

„Besonders, als er herausfindet, dass sein natürlicher Vater, Roderick Royle ein Buchmacher ist, der kaum etwas von ihm wissen will."

Tancredi nippte an seinem Weinglas. „Trotzdem ändert Anthony seinen Familiennamen auf Royle und beginnt ein Studium an der University of North London, damals noch ein Polytechnikum. Nicht nur das, er beginnt auch regelmäßig zu trinken. Seine Schwester Jane, genauer Halbschwester, studiert, *Sie* studieren bald an derselben Hochschule Betriebswirtschaft. Während er immer unfähiger wird, eine Arbeitsdisziplin aufrechtzuerhalten, gelingt Ihnen alles, weil Ihre Welt ja heil geblieben ist, Ihre Eltern sind immer Ihre Eltern geblieben.

Sie haben Mitleid mit Ihrem Bruder. Sie können aber nicht viel für ihn tun, Sie haben Ihre eigenen Freunde und Ihre eigene Arbeit. Er kann einfach den Zusammenbruch seiner Welt nicht überwinden. Anthony findet nicht das Mädchen, die Freunde oder Vorbilder, die ihn aus diesem seelischen Treibsand heraushelfen könnten. Er bricht das Studium ab, und um überhaupt etwas zu werden, wird er Alkoholiker.“

Jane Hudson brachte eine Schachtel Zigaretten mit der Aufschrift *Smoking kills* zum Vorschein.

„Wir sind nur Gäste in diesem Salon, Rauchen ist nicht gestattet“, sagte Tancredi und sah, wie sich Lou wieder entspannte. Mrs. Hudson behielt die kalte Zigarette in der Hand.

„Ihre Eltern sind unglücklich über diese Entwicklung, aber ahnungslos, dass sie sie selbst ausgelöst haben. Schließlich setzt Ihr Vater Anthony eines Tages vor die Tür, als Erziehungsmaßnahme, was dessen seelischen Niedergang nur beschleunigt.

Nach Ihrer Graduierung haben Sie eine Anstellung bei Bangels in der Holloway Road bekommen, während er Hilfsarbeiter beim Bau wird, um sich die Zimmermiete und das Trinken leisten zu können.“

„Alles schön und gut, Mate“, sagte Lou, „von all dem Reden bekommt man ja eine trockenene Kehle.“

Tancredi reichte ihm und Stu eine weitere Dose Bier. „Nach ein paar Jahren in Holloway werden Sie

1996 nach Canterbury versetzt, Sie steigen langsam, aber sicher in der Firma auf. Hier erleben Sie Glück und Unglück. Sie lernen Dr. Hudson kennen, den Sie später heiraten. Im Jahr 1999 verunglücken Ihre Eltern auf einer Autobusreise in Portugal tödlich. Die kleine Erbschaft wird gerecht zwischen Schwester und Bruder geteilt. Unter dem Schock dieses Verlustes beginnt Anthony eine Entziehungskur bei den Anonymen Alkoholikern, die nicht lange anhält. Weil Sie seine einzig wirklich solide Bezugsperson sind, beschließt er, nach Canterbury zu gehen, um in Ihrer Nähe zu sein. Das scheint auch anfangs zu funktionieren, Sie lassen ihn auch ein-, zweimal in Ihrem Haus übernachten. Aber der Alkohol und mit ihm provokantes Benehmen richten allmählich wieder alles zugrunde."

„Niemals hat ein Anthony Royle bei uns übernachtet", schnappte Trevor Hudson.

Tancredi lächelte. „Sie sind zu oft auf Dienstreise, Dr. Hudson, um hier mitreden zu können. Mit einem Seitenblick auf Balmer fügte er hinzu: „Selbst Jones Investigations sind da nicht immer auf dem Laufenden."

Er suchte Jane Hudsons irritierten Blick. „Royles sozialer Abstieg ist ein Problem für Sie, eine seelische Qual... Wenn man aber immer wieder um Hilfe, Beistand und Geld angefleht wird, das dann in Alkohol investiert wird, um am Ende angestänkert und beflegelt zu werden, reißt einem früher oder später die Geduld. Und man beschließt, getrennte

Wege zu gehen, was in einer kleinen Stadt wie Canterbury schwierig ist, besonders, wenn man in der High Street arbeitet."

Jane Hudson gab die Zigarettenschachtel in ihre Handtasche. Sie schien sich wieder gefasst zu haben. „Das ist ja alles gut und recht. Sie haben sich eine schöne Geschichte ausgedacht. Sind Sie sich aber im Klaren, dass Tyler ein häufiger Familienname ist, vor allem hier in Kent, und Jane einer der häufigsten Vornamen?"

„Absolut. Wie ich mir auch bewusst bin, dass Ihr Halbbruder, bei allem Verständnis für sein Unglück, es zu weit getrieben hat."

„Was Sie alles zu wissen glauben."

„Das ist ein V-Vortrag über die Familie", sagte Stu, Jane Hudson fixierend.

Lou lachte, auf seine Schenkel hauend, dröhnend auf.

Tancredi ignorierte Janes Einwand. „Es ging sogar so weit, dass Anthony Sie betrunken in Bangels aufgesucht und Ihnen eine Szene gemacht hat, weil Sie ihm nicht mehr Geld geben wollten. Da wussten Sie sich nicht mehr zu helfen und ließen ihn entfernen. Eine Tat, die er Ihnen immens nachgetragen haben muss."

Jane Hudson winkte mit einer Geste ab, als wolle sie ein Insekt verscheuchen.

„Ich habe Zeugen für diesen Vorfall", sagte Tancredi.

„Was wollen Sie, ich habe Ihnen einen klaren Auftrag gegeben; den haben Sie erledigt und Sie sind bezahlt. Alles weitere ist nur ein Sturm im Wasserglas. Vergessen Sie nicht, dass Sie von Royle nur durch *mich* wissen. *Ich* bin Ihr Boss in dieser Angelegenheit." Sie knöpfte den Mantel zu, als ob sie gehen wollte.

„Kein Problem", sagte Tancredi, „so lange Sie nicht vergessen, dass Sie einen Abschlussbericht verlangt haben, den Sie jetzt mündlich bekommen. Bleiben wir beim Auftrag und dem Begriffspaar Ruhestörung – Schlaflosigkeit. Warum konnten Sie nicht schlafen? Bloß wegen des Lärms, der von der Brücke beim Park drang? Sie haben Doppelfenster. Oder vielleicht auch wegen Ihres schlechten Gewissens?"

„Warum sollte ich ein schlechtes Gewissen haben?"

„Es könnte mit dem Tod Ihres Bruders zu tun haben."

Für einen Augenblick war es so still im Salon, dass man nur den gleichmäßigen Lärm des Straßenverkehrs von der Ring Road und einen Sonntagsflieger am Himmel hören konnte.

„Anthonys Auftauchen an Ihrem Arbeitsplatz, betrunken, Sie als undankbare Schwester verfluchend, weil Sie ihm kein Geld mehr geben wollten, hat eine Wende in Ihrer Beziehung zu ihm bedeutet. Nun plötzlich bedroht er Ihren guten Ruf und Ihre Arbeit. An diesem Tag haben Sie gewusst, dass es so nicht mehr weitergehen kann."

Tancredi trank etwas Wasser. „Zuerst haben Sie mit

Ihrem Mann gesprochen."

Trevor Hudson schüttelte entrüstet den Kopf. „Sie halluzinieren. Ich kenne keinen Anthony Royle, noch kennt meine Frau ihn."

„Wenn nicht an Sie, so hat sie sich aber an Freunde gewandt, darunter auch an Captain Smith. Dieser wackere Offizier hat die Tragweite Ihres Problems erkannt und Ihnen seine Hilfe angeboten."

Smith schlug sein zusammengerolltes Käppi auf sein Knie.

„Genau hier geht Ihre Phanatasie in die Irre. Ich warne Sie, hören Sie mit Ihren suggestiven Unterstellungen auf."

Tancredi setzte unbeirrt fort: „Sich um etwas kümmern, ist natürlich ein weiter, dehnbarer Begriff. Verschiedene Leute verstehen etwas Verschiedenes darunter."

Er wandte sich Jane Hudson zu. „Ein schlechtes Gewissen könnte nun davon kommen, dass Sie entweder vergessen haben, Ihre Helfer aufzufordern, zu präzisieren, was sie jeweils unter ihrer angebotenen Hilfe verstanden haben, oder nicht so genau wissen wollten, was sie konkret unternehmen würden, um Ihrem ‚Problem' Abhilfe zu schaffen."

Nach einem schnellen Blick in den Spiegel zu seiner Rechten, den Balmer halb verdeckte, sagte Tancredi: „Captain, Sie haben sich in aller Ruhe überlegt, wie man dem Feind begegnen sollte. Sie haben alle Optionen ins Auge gefasst, von einfacher Einschüchterung bis zum selbstverschuldeten Unfall."

Smith sprang auf und stach, knapp vor Tancredi, mit seinem Zeigefinger in die Luft. „Nun machen Sie sich schuldig, jetzt brechen Sie das Gesetz. Alle hier sind Zeugen. Sie verleumden mich öffentlich."

Tancredi hob beschwichtigend die Hände. „Ich habe gesagt, Sie hätten sich alle möglichen Dinge durch den Kopf gehen lassen – wenn das ein Verbrechen ist...? Nun, ich selbst habe einen ‚Unfall' am Stour in den Westgate Gardens gehabt, an dem Sie zweifellos beteiligt waren."

Smith gelang es, plötzlich enttäuscht und verbittert zu wirken. „Wie Sie alles verändern, die Fakten verdrehen..."

Tancredi lächelte. „Natürlich nicht als Verursacher, sondern als mein Retter – als Sie Ihren Dobermann zurückgepfiffen haben."

Tancredi wandte sich wieder Smith zu, der noch immer in der Mitte des Salons stand. „Sie haben zwei Fliegen mit einem Schlag erledigen wollen und versucht, Sergeant Sinclairs Training mit der Beobachtung und Einschüchterung der Obdachlosen unter der Rheims-Way-Brücke zu verbinden."

Vom untätigen Stehen müde geworden, drehte Balmer den Friseursessel, neben dem er stand, herum und setzte sich darauf.

„Es hat also Unfälle gegeben", sagte Tancredi, „im Klartext Angriffe." Im linken Fenster sah er einen Polizeiwagen, der im Schritttempo die St. Edmunds Road hinunterfuhr.

„Steve und Darren haben sich einmal beklagt, dass

sie attackiert worden sind, nachdem sie nachts durch die Gardens gehen wollten", sagte Lou. „Sind wohl deshalb nicht mehr zu unseren Treffen unter der Brücke gekommen. Ob der Duke – äh Anthony angegriffen worden ist, weiß ich nicht. Er hat aber Abkürzungen durch den Park genommen."

„Wie auch am Abend des 26. Oktober, bevor er am darauffolgenden Morgen tot im Stour gefunden wurde."

Tancredi wandte sich an Smith. „Wissen Sie jetzt, wo Sie an diesem Abend waren?"

Noch immer gereizt wirkend, sagte Smith: „Ich habe dienstfrei gehabt."

Tancredi ging zur Eingangstür des Salons, drehte den im Schloss steckenden Schlüssel einmal um und steckte ihn ein, bevor er zum Kassentisch ging, um sich wieder seinen Gästen zuzuwenden.

„Das nur als Vorsichtsmaßnahme. Der Salon ist am Sonntag ja geschlossen. Was haben Sie in Ihrer dienstfreien Zeit gemacht?"

„Das geht Sie absolut nichts an", schnappte Smith.

„Sagen wir, Sie haben einen geschäftlichen Termin gehabt", sagte Tancredi. „Sie haben ein ‚Arbeitssessen' mit Mrs. Hudson gehabt, bevor Sie mit ihr zu weiteren Gesprächen in die Whitehall Road gefahren sind."

Er wandte sich an Balmer. „Können Sie das bestätigen?"

Wachsam nickte Balmer mit verschränkten Armen.

„So sag doch endlich etwas", flüsterte Trevor

Hudson scharf seiner Frau zu.

„Das war der erste Abend Ihrer letzten Dienstreise ins Ausland", sagte Tancredi. „Elmar ist nämlich Mitarbeiter der Jones Investigations und weiß über jeden Schritt Captain Smiths und Mrs. Hudsons Bescheid."

Überlegend lächelnd, warf Smith Jane Hudson einen Blick zu.

„Das hab ich jedenfalls bis vor kurzem angenommen", sagte Tancredi leise. „In Wahrheit ist Elmar natürlich alles andere als deren Mitarbeiter. Da er sowohl einen dunkelgrauen Nissan wie Dan Jones fährt und ein ähnliches Kennzeichen hat, nämlich 9NKL272, habe ich ihn irrtümlich für einen neuen Mitarbeiter meiner Konkurrenz gehalten. Nicht nur deshalb, sondern auch weil er sich wie ein Schnüffler verhalten hat und überall herumgelungert ist, wo Mrs. Hudson auftauchen könnte, einschließlich ihres Arbeitsplatzes, des Kaufhauses Bangels."

Alarmiert richtete sich Balmer in seinem Stuhl auf.

Tancredi nahm einen Schluck Wasser. „Als ich den Wagen ein paar Tage später mit Dan Jones am Lenkrad sah, bemerkte ich, dass sein Kennzeichen 9NKL227 ist. Auch hatte er einen Aufkleber mit dem Panda-Bären des World Wildlife Funds, während Sie gar nichts an der Heckscheibe haben. Aber das sind nur technische Details. Die Art und Weise, wie Sie mir in Bangels erklärt haben, dass Captain Smith ein Liebhaber Mrs. Hudsons sei, ließ mich ahnen, dass da andere Interessen im Spiel sein könn-

118

ten, und dass Sie vielleicht sogar eine Affäre mit ihr gehabt haben."

Blass geworden, erhob sich Balmer. „Ich habe niemals eine Affäre mit Mrs. Hudson gehabt."

„Dann muss es für Sie eine Beziehung für *immer* gewesen sein. Sie konnten nach der ersten Beziehung zu einer Frau ihr plötzliches Desinteresse an Ihnen nicht akzeptieren. Sie konnten nicht begreifen, dass Mrs. Hudson diese seelische und physische Vertrautheit nun mit Ihrem Nachfolger teilen sollte. Deshalb begannen Sie, ihr überall nachzuspionieren, in jeder freien Minute. Auf dem Planeten, den Sie bewohnen, sind Sie noch mit ihr zusammen."

Balmer seufzte tief auf und sank apathisch in den Friseursessel zurück.

Tancredi ließ nicht locker. „Sie sind ein Stalker geworden, Balmer, Sie konnten nicht anders, Sie hätten ärztliche Betreuung gebraucht. Am Abend des 26. Oktober sind Sie in Ihrem in der Whitehall Road geparkten Wagen gesessen, im Dunkeln, und haben gesehen, wie Mrs. Hudson und Captain Smith Haus Nr. 14B betreten haben."

„Sie sind ein Phantast", sagte Smith.

„Ein bisschen Phantasie hat noch niemand geschadet", erwiderte Tancredi.

Mrs. Hudson öffnete wieder ihre Zigarettenschachtel, bevor sie sich an Tancredis Verbot erinnerte. Winzige Schweißperlen standen auf ihrer Oberlippe. Dr. Hudsons rechtes Augenlid begann zu flattern, ein Tic.

119

Tancredi legte seine Hand auf die Lehne des Friseurstuhls, in dem Balmer saß und sah ihn an.

„Nach einer Weile sind Sie ausgestiegen, zum Haus gegangen, vorbeispaziert, sahen das Spiel der Lichter in den verschiedenen Zimmern. Hier wird eine Lampe angeknipst, dort abgedreht, hier wird das Licht gedämpft, dort ein Vorhang vorgezogen. Sie glauben angeregtes Gelächter zu hören."

„Jetzt platzt mir aber der Kragen", sagte Smith drohend.

Tancredi suchte vergeblich den Blick Balmers. „Sie gehen weiter, wollen keinen Verdacht erregen, bis Sie das letzte Tor der Westgate Gardens erreichen, das nachts versperrt ist. Das gibt Ihnen einen Grund, wieder umzudrehen, und zum Haus der Hudsons zurückzugehen. Und nun sehen Sie rot. Nicht auf einmal. Mit jedem Schritt auf das Haus zu nimmt Ihre Wut zu. Sie begreifen, dass Sie mit dem Einzug Smiths aus dem Paradies vertrieben worden sind. Sie fühlen sich plötzlich auf der gleichen Stufe wie Royle – auf dem Abfallhaufen menschlicher Beziehungen."

„Jetzt halt mal den Atem an", rief Lou aufgebracht.

„Sie hassen Smith, Sie hassen Dr. Hudson wegen seiner Passivität und Royle, weil er, wie Sie denken, seine Schwester verfolgt und ruiniert. Ihr Hass ist global. Mit Ihrem Studium kommen Sie nicht weiter, Sie schulden Blair und Brown mehr als zehntausend Pfund, füllen nachts die Regale in ASDA, um sich den Nissan leisten zu können, und nun hat sich

Jane, die Sonne in Ihrem Kosmos, in Ihren Augen grundlos von Ihnen abgewandt."

Balmer saß totenblass, mit halbgeschlossenen Augen, die Arme um seinen Körper gewickelt, wie in Trance auf dem Stuhl.

„Sie wussten natürlich Bescheid um Anthony und seine Probleme, für die er letztlich – nach dem Tod seiner Eltern – seine Schwester verantwortlich gemacht hat. Haben vielleicht selbst Ideen entwickelt, wie Ihre Geliebte von dieser Klette befreit werden könnte. Und nun sind Sie plötzlich selbst zur lästigen Klette geworden. Abgeschüttelt und ohne jede Funktion. Weil Sie sich nicht erlauben, Jane zu hassen, hassen Sie sich selbst, in Ihnen keimt ein wilder Wille zur Selbstdestruktion auf. Sie würden Jane ja niemals ein Haar krümmen, sie nicht einmal anschreien, Sie haben zuviel Respekt vor ihr. Sie wissen von der Gruppe, die sich unter der Rheims-Way-Brücke regelmäßig trifft, um sich zu betrinken und fassen den Entschluss, sich ihr anzuschließen, sei es auch nur für eine Nacht."

Tancredis Blick kehrte von Smith und Sinclair zu Balmer zurück. „Sie steigen in die Westgate Gardens ein, überqueren den Flusssteg, sehen ein kleines Feuer unter der Brücke flackern, hören Geschrei und Gelächter."

Balmer schien aus seiner Trance aufzuwachen.

„Hat das alles mit mir zu tun?" Dunkle Ringe lagen nun unter seinen Augen.

„Ja, jetzt stehen Sie wirklich im Mittelpunkt", sagte

Tancredi. „Gerade, als Sie sich dem Zaun nähern, der den Park von der Brücke trennt, sehen Sie, wie sich Royle von der Gruppe trennt. Aus einem unbewussten Impuls heraus verstecken Sie sich hinter einem Busch, um von Anthony nicht gesehen zu werden, und beobachten, wie er um das über den Fluss hängende Zaunende herumklettert. Sie hoffen, dass er ausrutscht und ins Wasser fällt. Warum? Sie hassen ihn, weil er für Sie genau das verkörpert, was Sie jetzt am eigenen Leib spüren, nämlich Ausgestoßenheit und Verlassenheit. Sie spüren, dass Sie Ihre ganze destruktive Energie auf Royle loslassen werden, er ist Ihr neues Ziel. Sie lassen ihn ein Stück den Stour entlang gehen, bevor Sie ihm folgen, um ihn in den Fluss zu stoßen, gerade als ein Laster über die Brücke donnert."

Balmer gab sich einen verzweifelten Ruck und versuchte sogar ein spöttisches Lächeln. „Hübsche Geschichte, aber wo sind Ihre Zeugen?"

Tancredi hüstelte. „Habe ich nicht viele, zugegeben. Lou und Stu haben allerdings ein Aufklatschen im Fluss gehört, kurz nachdem Anthony die Gruppe verlassen hat, sich aber weiter nicht darum gekümmert."

„Hi- Hilferufe haben wir keine gehört", sagte Stu diplomatisch und nahm einen Schluck Bier.

„Sehen Sie", sagte Balmer fast weinerlich, „er kann auch selbst ins Wasser gesprungen sein. Ohne Zeugen und Beweise kann mich der Schlamm, mit dem Sie mich bewerfen, nicht treffen."

Er stand auf.

„Das war bloß ein Test", erwiderte Tancredi. „Ich wollte sehen, wie Sie auf meine Geschichte reagieren. Test bestanden, Sie können gehen!"

Balmer lächelte, nun vollkommen verwirrt. Schnell streckte Tancredi seine Hand wie zum Abschiedsgruß aus und drückte Balmers Rechte mit aller Kraft. Vor Schmerz aufstöhnend sank dieser auf den Friseurstuhl zurück, den Tancredi flink zum Spiegel herumdrehte. Gleichzeitig legte er seinen Arm in einem losen Würgegriff um den Hals Balmers, so dass er nicht aufstehen konnte.

Tancredi blickte in den Spiegel, Balmer fixierend.

„Dieser Daumen, den ich Ihnen am Mittwoch gebrochen habe, verrät Sie allerdings. In meiner Abwesenheit sind Sie in mein Haus eingedrungen und haben herumgestöbert, um einen Brief zu finden, den mir eine Briefträgerin irrtümlich zugesteckt hatte, und der Sie kompromittieren könnte. Als ich dann zurückgekommen bin, früher als Sie dachten, haben Sie beschlossen, auf Nummer Sicher zu gehen und mich zumindest bewusstlos zu schlagen, um unerkannt davonzukommen, was Ihnen schließlich auch gelungen ist. Allerdings nicht ganz unbehelligt."

Tancredi befeuchtete seinen Zeigefinger mit Speichel, zwang Balmers rechten Arm hoch und rieb an dessen Daumenballen, bis unter einer Schicht Makeup ein dunkelblauer Bluterguss sichtbar wurde.

In diesem Moment gelang es Balmer, sich aus dem Griff Tancredis zu befreien, nach vorn zu schnellen und vom Friseurtisch Werkzeug zu schnappen. Sofort wich Tancredi einen Schritt zurück, um aus der Reichweite Balmers zu gelangen, der ihn mit einer spitzen Schere bedrohte. Dieser Freiraum war Balmer genug, um wie ein wildes Tier aus dem Salon in die Hinterräume zu stürmen.

„Die Polizei wartet beim Hinterausgang", sagte Tancredi mit einem nervösen Blick auf seine Gäste.

Er sprang zur Eingangstür, sperrte sie auf und lief die St. Edmunds Road hinunter, um Jim Hall bei der Festnahme Balmers zu helfen. Sinclair und Smith schnellten von ihren Sitzen hoch und rannten ihm nach. Balmer gelang es nur einmal, Halls Assistenten Cutler, der sich ihm in den Weg gestellt hatte, zu schlagen, bevor er von den beiden Polizisten auf die Motorhaube des Einsatzwagens gedrückt und ihm Handschellen angelegt wurden.

„Besten Dank, Jim", sagte Tancredi, als er das Auto keuchend erreichte.

„Keine Ursache, John. Der Kunde ist jetzt unser Fall."

Hall bugsierte den nach Atem ringenden Balmer auf den Rücksitz des Wagens und setzte sich neben ihn.

Bevor Tancredi noch etwas sagen konnte, fuhr der Wagen, mit Cutler am Lenkrad, in Richtung Hospital Lane davon.

Smith hatte wie Sinclair sein Barett wieder aufgesetzt. „Da haben Sie gute Arbeit geleistet", sagte er anerkennend. „Mit dem Arrest Balmers", präzisierte er. „Wir müssen uns nun aber verabschieden, so in-

teressant ihre Ausführungen auch gewesen sind."
Der Captain salutierte mit über die Oberlippe ge-
schobener Unterlippe. Sinclair salutierte ebenso.
Tancredi nickte wortlos zum Gruß, und die beiden
Soldaten drehten sich auf ihren Absätzen wie ein
Paar Eiskunstläufer gleichzeitig um.
Tancredi trat in den Frisiersalon. Alle Anwesenden
rauchten jetzt; Trevor und Jane Hudson waren auf-
gestanden, zum Aufbruch bereit.
„Soll ich Ihnen ein Taxi rufen?"
„Nicht nötig", sagte Dr. Hudson. „Mein Wagen steht
im Parkplatz Castle Street. Wir können etwas frische
Luft vertragen."
Tancredi wandte sich an Mrs. Hudson. "Inspector
Jim Hall wird Balmer in Untersuchungshaft neh-
men."
Mrs. Hudson ließ den Rest ihrer Zigarette fallen.
„Was macht Sie so sicher, dass Anthony Royle mein
Bruder war? Das mit den Recherchen in London ist
doch Bluff."
Tancredi trat die Zigarette auf dem Plastikboden aus
und entnahm der Brusttasche seines Hemds einen
Schlüssel.
„Das ist ein Duplikat des Schlüssels, der in der In-
nentasche von Anthonys Mantel gefunden wurde.
Ob Sie wollen oder nicht: er passt ins Schloss Ihres
Hauses. Anthony muss den Schlüssel wie einen Ta-
lisman mit sich herumgetragen haben, ohne ihn zu
benützen, nur für den Fall."
Trevor Hudson trat mit dem knappsten aller Lächeln

ins Freie, gefolgt von seiner wie vom Donner gerührten Frau.

Tancredi holte einen Aschenbecher und bat die beiden Obdachlosen, ihre Zigaretten darin auszumachen. „Ich muss den Salon in Ordnung bringen, bevor die Hausherrin zurückkommt."

Tancredi verkorkte die offene Weinflasche und gab sie, zusammen mit dem Rest des Partygebäcks und zwei Dosen Bier in eine Tragetasche, die er Stu überreichte. „Das ist für euch."

Hector stand bereits erwartungsvoll bei der Tür, was Lou schließlich half, sich von seinem warmen Sessel loszureißen.

„Danke, Mate", sagte er, Tancredi zuzwinkernd. „Beachtliche Rede. Lass uns wissen, wenn hier der nächste Vortrag gehalten wird."

Tancredi nickte den beiden zu, bevor er in die Hinterräume ging, um nach einem Staubsauger zu suchen.

Donnerstag, 18. Dezember

Dunkle Wolken aller Formen und Schattierungen blies der Nordost-Wind über die flache Talmulde, in der Canterbury liegt, was Kälte bedeutete und möglichen Schnee. Bepackt mit einem Rucksack halbvoll mit Lebensmitteln, kehrte Tancredi am Vormittag von seinen Erledigungen im Stadtzentrum zurück. Er überquerte den St. Peters Place, auf dem Autos im Schrittempo fuhren und betrat die Westgate Gardens durch das breite Südtor. In Gedanken war er ganz bei seinem neuen Fall. Als er sich dem Flusssteg näherte, fiel ihm ein Objekt am Ufer des Stour auf, das er nie zuvor gesehen hatte.

Tancredi ging die paar Schritte die Flusspromenade hinauf, um den Gegenstand, ein kurzes Brett, das auf einen in die Erde getriebenen Holzpfahl montiert war, aus der Nähe zu sehen. Es war eine in Kniehöhe angebrachte Tafel mit einer eingravierten Inschrift. Als er sich bückte, um den Text zu lesen, setzte ein leichter Schneeschauer ein.

Hier kam Anthony Royle am 30.10.03 ums Leben. Er war mir ein Bruder, bis ihn Drogen auf Abwege führten. Adieu!
JST

Winzige Graupeln bombardierten die auf das Brett geschraubte Metalltafel, um in kleinen Bögen wieder abzuprallen. Mit gemischten Gefühlen richtete sich Tancredi auf, zog die Kapuze seines Anoraks über den Kopf und ging zurück zum Steg. Zwei Enten schwammen so schnell flussaufwärts, dass sie in konstantem Abstand von der Brücke blieben und so von jedem Passanten gesehen werden mussten. Er nahm zwei Keks aus seiner Tasche und warf sie ihnen zu, die sie flugs vom Wasser aufschnappten.
Als Tancredi den Park verließ und die Whitehall

Road betrat, hatte der Graupelschauer aufgehört. Auf dem sachten Anstieg zur Whitehall Bridge glaubte er Donner zu hören. Es war aber nur das Geräusch eines unter der Brücke durchfahrenden Personenzugs. Als er auf die runden Dächer der unter ihm vorbeirollenden Waggons blickte, hüllte ihn plötzlich ein kleines Schneegestöber ein. Tancredi fühlte sich davon merkwürdig gewärmt, fast als wären die Schneeflocken Daunen.